Ludwig Weibel
Seinsvernunft in Universenweiten
Zu deiner wahren Grösse wachse still empor

Books on Demand

Bibliographische Information der Deutschen National-bibliothek. Die Deutsche Nationalbibliothek verzeichnet diese Publikation in der deutschen Nationalbibliographie, detaillierte bibliographische Daten sind im Internet über http://dnb.dnb.de abrufbar.

Herstellung und Verlag:
BoD – Books on Demand, Norderstedt
ISBN 9783752867596

Ludwig Weibel

Seinsvernunft in
Universenweiten

Inhalt

1

Bleibe doch bei uns

1.1

Bleibe doch bei uns, denn es will Abend werden und wer weiss wie dich die Nacht empfängt; der Morgenschimmer wird dir lichte Freude bringen.

Zu diesem Anlass ist es noch recht weit für dich zu gehn. Deine Herzlichkeit Mir gegenüber hat noch kaum die rechte Spur gefunden und so kannst du nicht auf ihr getröstet fürbass gehn. Dabei Bin Ich schon immer deiner Mitte Kind und Vater, Braut und Bräutigam und sehne Mich danach, mit dir Gemeinsamkeit zu halten, lebelang und wunderbar.

Was weisst du denn von Gottesliebe, wenn du die menschliche noch kaum erfahren und erprobt hast. Sie verlangt das Spüren einer Einigkeit von auserlesner Qualität und will dich dafür mit der Offenheit des Ewigen beehren.

Irgendwo geborgen *musst* du sein, in deinem Leben voller Aktionen. Es kommt die Stunde, wo du Mein Umfangen, ausgegeben und erfahren, schlicht und einfach akzeptierst. Dann ist alles für dich gut, denn mehr kannst du nicht tun zu deinem Heil und deinem Über-dich-Verfügen. „Ich mache alles neu", bedeutet dann für dich, dass du mit andern Augen alles ansiehst was schon immer war. Deine Überlegenheit besteht dann im Erkennen deines recht geringen Umfangs auf der Weltenbühne. Dein Bedeuten auf der Meinen jedoch ist enorm, weil es von Mir gesponsert und gehätschelt wird in wunderbarer Euphorie.

Nun bist du gehalten, deine wahren Werte alleweil zu pflegen und im gegebenen Moment mit klarem Vorteil auszuspielen. Das bringt dich mählich vor dir selber ins beneidenswerte Licht des ewigen Gedeihens und lässt dich darin überragend, geistesfroh, glückselig und beschaulich sein.

1.2

Wie einen bunten Blattsalat beschau Ich deine Lappalien und Befürchtungen, Versuche und recht spärlichen Erfolge an der Front des wahren Lebens im Allhier. Du bist dir nicht zu schön, um überall herumzuhetzen, deine Schäfchen zählend und bestrebt zu sein, sie bis ins Unermessliche zu vermehren. So schön das immer klingt, derjenige der solchem frönt bewegt wie auf Freiers's Füssen einem Abgrund zu, der heisst: In der Materie zu sehr verhaftet sein, sodass du nimmer von ihr loskommst mit der Konsequenz von unzählbaren Übeln.

Ich klage dich nicht an, sondern suche dir dein Bild, wie Meines, vorzuhalten, damit du in dem Unterschied den Ansporn findest, reeller, mutiger, rechtschaffener, wahrhaftiger und gütiger zu sein in deinen bunt-geschecktem Aspirationen.

Von dir erwarte Ich nicht mehr als Ich von Mir verlange, doch dieses muss dann sitzen und dich begleiten Tag für Tag wie ein besorgter Kreis von hübschen Sängerinnen, die dich mit dem, was du zu tun hast, seidenweich umflöten. Im Grund genommen stille *Ich* dich, wie die gute Mutter ihres Kindleins Gier, mit allem was du nötig hast für ein gemächliches, profundes und beglücktes Leben. Da macht es Mir nichts aus, unendliche Geduld zu haben, bis du alle Floskeln, Überbietungen und Trauermärsche durchgestrichen hast in deines Lebens Willen und frenetischem Rumoren. Dann aber will Ich dich in Meinem Salon der Gerechtigkeit auf's Freundlichste begrüssen und dir das Palmblatt grossen Lobs auf's Häuptlein setzen für das Tapfere und Menschenwürdige, das du vollbracht. Immerhin bist du Mein Ebenbild und wenn du wankst, greif Ich behände zu, dich zu beschützen und stützen, mit Liebe zu umgarnen und dich vor jeglicher Gefahr zu warnen, Meine Blüte, Mein geliebtes Sorgenkindchen in der Aura Meiner Seinsgedanken. Glücklich sollst du werden, wohlgesittet sein und dann Mein Universum erben in des Himmels lichterfüllter Remedur.

1.3

Mit Mir verwandt zu sein ist eine Ehre sondergleichen, deren du dich nicht entschlagen solltest, Mäskchen von der Glut und Brut, Unbeholfenheit und Kunst in deinem preziösen Lebensstil. Wo immer du bewandert bist, Ich wandere mit dir steilauf, steilab und lasse dich nie hängen. Meine Sorgfalt mit den Meinen ist Legion, und wo immer du Mir durch ein Hintertürchen zu entschwinden drohst, wird es verriegelt und vermacht, dass du Mir schön im Hause bleibst der Seins-gerechtigkeit und Wahrheitsliebe. Im Grunde sollen alle alles sehen dürfen, was du tust und dir erlaubst. Um wieviel mehr muss selbst dein leisestes Getuschel noch wie strahlende Musik in Meinen Ohren klingen, rein und morgenschön.

Es ist nicht gut, wenn deine Linke lächelt und die Rechte Bosheit brütet, denn Zerrissenheit war niemals Mein Idol und soll es auch für dich nicht sein in deinen kühnsten Schwärmereien. So heisst es denn: Lass ab von allem Unsinn; Meinerseits, wie auch von deiner Seite soll der frohe Ruf ertönen: Ich Bin Mir selber treu geworden und lasse Mich von nichts und niemand mehr zur Schlamperei verführen. Eine Prise Stolz darf schon auf deinen Wangen glühen, wenn du es vollbracht hast, mitten in dem Weltenunflat Mich zu finden als das gütestrahlende Refugium der Reinheit und der Sitte, der Allmenschlichkeit, wie der von Mir gespendeten Bekömmlichkeit in Herzenssachen und Gefühl. Wer kann den Nagel punktgenauer treffen als der, der jede Meisterschaft beherrscht und der Ich Bin in Saus und Braus, wie in der Wohlgeordnetheit beherrschter Menschentage. Ich mischle mit, wo andere das Spiel schon längstens abgehoben und verloren haben. Meine Karten aber sind von A bis Z ingeniös für einen Matsch

9

gerüstet und sind bestens dazu angetan, dass bald die Siegespfropfen knallen und das Gratulieren losgeht, Händchen schüttelnd, Zähnchen klappernd triumphal.

1.4

Kapuzineräffchen pflegen pausenlos herumzuhangeln, wie gewollt in ihrem spielerischen Nach-Bewegung-Trachten. Du aber sollst dich hüten vor Kaprizen solcher Art, getreu dem Sprichwort: Schuster bleib bei deinen Leisten, das dich in die Schranken weist von dem was du beherrschest und mit Nonchalance versiehst. Mir liegt es sehr daran, bei allem was dir gut scheint Meine Finger mit ins Spiel zu bringen, um dir zu bedeuten, was du noch verbessern kannst in deinen überschwänglichen Allüren.

Du sollst dir dreimalklar vor Augen halten was es heisst, vom Weltengott persönlich inspiriert und darauf minutiös belehrt zu werden. Das ist viel mehr als du auf Erden -und wär`s von der höchste Prominenz- erwarten könntest. Es ist so schick, mit Gott und Göttern zu verkehren, denn sie flössen dir gleich kübelweise Weisheit ein, Gelassenheit und gute Sitten in der Kinderstube, die du noch belegst.

Wie Ich denke, wird es dir von eminentem Nutzen sein, wenn *Ich* dich mit klarem Wein bediene, was dein comme il faut betrifft in deinem lustigen Hirtenleben. Anstand macht sich alleweil bezahlt und schafft dir viele Freunde, die recht wohlgelaunt mit dir spazieren gehn. Die allerbeste Freundschaft aber kannst du bei Mir finden. Ich hüte dich wie Meinen Augenstern, Bin höchst flexibel, was dein Widersprüchlichsein betrifft und höre nimmer auf, dich mit wissenschaftlich approbierten Sprüchen einzudecken, damit du einmal doch Mein würdiger Gespan wirst in den relevanten Geistessphären.

Kapitän der guten Hoffnung sollst du sein auf Meinen Lebensmeeren. So viele Häfen gibt's wie Sand am Meer, doch nur den einen kannst du als gesetzt und sicher halten, der Ich Bin, und der auch deinem Seelensein als

Wunder aller Gastlichkeit erscheint. Desgleichen Bin Ich die Erfüllung des Gelispels der Propheten, die die Welt schon immer mit den wägsten Himmelsanekdoten überschüttet haben.

1.5

Deine beste Lehrzeit hast du noch zu absolvieren, liebenswürdiger Geselle Meiner Lebenswerkstatt im Allhier. Du kommst Mir wie gerufen, weil Ich Myriaden Diener brauche, die geschickte Hand anlegen an das fabelhafte Weltenwerk, das Ich gerade dort, auf deinem winzigen Planeten, noch so gern in Szene setze. Wie fühlst du dich? Noch kaum so, wie *Ich* Mich im Sein erfühle. Und dennoch muss es einmal soweit kommen, dass auch du erkennst, welche Kräfte dominieren in der Unerschöpflichkeit des Seins, dem alle ausnahmslos in fabulöser Weise angehören. Da gibt es eine Perlenkette von Verfügungen, Verbindlichkeiten und bewussten Tatbeständen, die von dir zu Mir und vice versa führen. Fromm- und Gläubigsein hin oder her, was offensichtlich ist, kann weder ausbedungen noch verneint oder verniedlicht werden. Für Mich ist deine Sache klar, so wie der Kohlkopf auf dem Küchentisch, doch könnt es dir nicht schaden, wenn du etwas mehr von deinem Zustand in des Seiens Glorie und Glamour wüsstest als noch immer, wo die Ignoranz und fahrige Zerrissenheit regieren.

Ich strapaziere, was du Bist, bewusst mit hochgelehrigen Sentenzen, damit du deines Denkens Kraft trainieren musst um einzutauchen in die Weisheit, die Ich dir vermittle. Das ist sehr nützlich für den Wesensfortschritt, den Ich für dich ausersehn und eingerichtet habe. So macht das Leben Sinn, weil ihm die Selbsterkenntnis und die Tauglichkeit fürs Ewige wohlanstehn und dem Einzelnen das Glück bescheren, nach dem er sich so lang gesehnt hat. Siehst du das? Und bist du willig, auf das Gute, Redliche, Vertrauensvolle und zutiefst Beglückende voll Eifer zuzugehn?

1.6

Hast du dich selber überwunden, geht dir alles leicht und liebvoll von der Hand, in die Ich so viel Gutes und Begehrenswertes eingelegt und in ihr wohl behütet habe. Dir winkt die Meisterschaft in der subtilen Kunst zu sein und alles was du Bist und anstellst doppelt innig zu erleben. Es ist die Grazie der Gottverbundenheit, die dich befähigt, Überragendes und Sagenhaftes zu vollbringen, dahinspazierend auf der Himmelsspur. Du lässest deine Geisteskräfte leichthin sich verspielen und fühlst dich niemals überfordert, sei es wie es immer will, in deines Lebens Quantum und entzückender Korrektheit, Mir und allen guten Geistern gegenüber. Sie sind dir ganz besonders zugetan, seitdem du eingesehen hast, wie fabelhaft es ist, dich ihnen zuzuwenden und dein Heil im liebevollen Austausch der Gedanken und Gefühle aufs Natürlichste zu finden. Aus dieser Ordnung lässest du dich nimmermehr vertreiben, derweil du sie wie einen warmen Sommersonnennachmittag geniessest.

Ich empfinde mit dir, was dir so geschieht und feuere dich dazu an, noch immer weiter und bewusster, tätiger und zünftiger in dieser Meiner Richtung vorzustossen. Es ist die Einzige die wirklich zählt in deinem all so menschlich aufgemachten Rahmen und die dich lächeln lässt ob all den unbeschreiblichen Erfolgen, die du neuerdings erzielst. Es sind die Meinen, soweit du dich darum bemühst, hinter die Kulissen deines Lebensstils zu schauen, um dort die lichterfüllten Rädelsführer deiner besten Aktionen zu entdecken. Ihnen kannst du voll vertrauen und damit als ein Held vor ihrem Geisteswind durchs Leben segeln. Virtuosität in allem, was du so vollbringst, ist dir von Mir beschieden und damit seinsglückseliges In-Dir-Beruhn, derweil das Weltliche mit seinem Tam-Tam und Geschrei allwie in weiter Ferne, kaum bemerkt, an dir vorübergleitet.

1.7

Kräftig applaudieren kann Ich dir, sowie du dich dazu ermannst, zu deinem recht fidelen Dasein noch Erkleckliches in *Meinem* Sinn und Geist dazuzulegen. Du schwärmst dann nicht mehr aus, doch konzentrierst du dich auf das, was Ich als wesentlich erachte und dir ungeniert vor's spitze Näschen halte, damit du's nicht vergissest in des Lebens Zucht und Schlendrian. Im Argen liegen kann nur, was sich nicht mit Mir verbunden fühlt. Doch du bemühst dich wenigstens darum, mit Mir und Meinem Wertsystem Kontakt zu haben. Das führt mählich zu bedeutenden Begegnungen, die dich von Meinem Gegenwärtigsein und Wirken restlos überzeugen und dich damit in einen Taumel der Glückseligkeit entführen.

Mein Weh ist es, trotz allem Aufwand noch in allzuvielen menschlichen Gemütern weder Hall noch Echo auszulösen. Sie leben wie im Dämmerschlaf dahin und ignorieren das, was Ich zu ihrem Heil geoffenbart und aufgeschrieben habe. Wie gern gewahrte Ich, dass du als wie zum Klang der Laute Meinen Schriften Achtung zolltest und sie als Kompendium der Wahrheit wie des Herzensglücks betrachtetest. Sieh doch, wie wenig es im Grund genommen brauchte, um Vertrauen in Mein Sinngedicht zu haben und um damit im Leben wirkungs-voll zu reüssieren.

Spürst du Meine Nähe, trittst du wie in eine Sphäre neuen Lebens und Gewissens ein, die dich auf höherwertigere Pfade führen. Das will Ich dann als wunderbar gediegenen Erfolg verbuchen. Es stilisiert dich zur Erkenntnis deines Wesens höherer Natur, von dem die Kenner und Verehrer nur das Allerbeste zu berichten haben. „Du Bist", wird auch von dir gesagt und damit angedeutet, dass dir Ewiges und Unvergängliches zugrunde liegt in einer Fülle ohnegleichen und mit dem Effekt der Einigkeit mit Mir, wie des glückseligmachenden Verweilens in den Regionen und Behütungen Elysiens.

1.8

Wem immer du Beachtung und Verehrung zollst, so ist es ganz zuinnerst Mir getan in Meiner allumfassenden Gebärde wahrer Friedefertigkeit und Herzensruh. Keinen Finger kannst du rühren, ohne Mich zur Tat bewegt zu haben, keine Frage gleitet über deine Lippen, ohne dass Ich sogleich Antwort weiss darauf, wenn du sie nur zu hören weisst, Mein stillen Daseins Kamerad. Warum Bin *Ich* so geschliffen und du bist noch ein roher Block und Bock in deinem rüden Dich-Verhalten? Weil Mir die Bewegtheit, Makellosigkeit und Redlichkeit des reinen Seins bewusst ist, das Ich Bin, derweil du selber noch im Unbewussten vegetierst. Lass dir das gesagt und angelegen sein, damit dir stets die Chance wächst, denselben Zustand, wie's der Meine ist, im Siegel reiner Glorie und Bewusstheit ebenbürtig zu erreichen.

Ich brauche niemals Stärke und Substanz zu tanken, weil Ich selber deren Quelle und Verwalter Bin seit aller Zeit und ellenlang bevor du warst in deinen Lebenslumpereien. Doch sollst du gnädig, dass du Bist, erfahren und dass dir damit alles Leben lecker, locker und genehm wird in der Folge deiner siebenfach gewundnen und verschlungnen Operationen.

Du brauchst dich nie mehr vor dir selber zu genieren, wenn du nur einmal weisst, dass du das Höchste Bist, was es je gab und dass *Ich* es unauslöschlich in dein Herz geschrieben. Entdeckst du es, ist dir für alle Zeit geholfen. Du bist saniert auf Meine Weise, die da heisst: Bewusstheit deines Gottes-Ebenbildes in der Mitte deiner Herzlichkeit und Sterngüte, sowie glückseligmachende Verbindlichkeit mit allem, was da *ist* in, Meinem blühend aufgestellten Schöpfergarten.

1.9

Magnet der Hoffnung sollst du sein für alle, die da Heil und Segen, Liebestrautheit, Selbstverwirklichung und Lebensliebe suchen. Durch alles, was du schon errungen hast, wirst du zum Vorbild für die vielen schwankenden Gemüter, die der Führung dringend noch bedürfen. Mir kommt das sehr gelegen, dass die Pioniere Meiner Zünftigkeit ihr brodelndes Gewissen der Verbreitung Meiner Seinsprinzipien und himmelstämmigen Gepflogenheiten weihen. Alles Selbstbeherrschte und vernünftig Aufgemachte speist sich aus den Quellen, welche Ich vom Hier bis ins Unendliche begeistert laufen lasse. Nicht du hast dann die Löwenarbeit Arbeit am verheissungsvollen Weltenwerk getan, sondern Ich, der sakrosankte Schöpfer alles Guten und Gerechten im Allhier.

Kannst du dich daran erinnern, wie das Sein und Leben einmal für dich war, so bist du auch im Stande zu erkennen, wie es sein wird in den Sphären der Erhabenheit Elysiens, die für alle offen sind, welche sich mit Mir befreundets und aufs Innigste verbunden haben.

Auch dir ist es anheimgegeben, deine Pläne vollends nach den Meinen ausrichten, um damit am Wesen der Unendlichkeit und überragenden Bewusstheit, Liebenswürdigkeit und Sitte – Anteil und Rendite, Zuversicht und Zünftigkeit zu generieren. Ich liebe Meine genuinen Pappenheimer, darf Ich ungeniert von Mir behaupten, weil sie durch alle Böden mit Mir gleichziehn, sowie Meine Seinsprinzipien und sagenhaften Klaviaturen bestens aufgenommen und begriffen haben. Ich rechne ihnen das hoch an und belohne sie mit einem sanften Lächeln aus den Höhn, zu denen sie aus voller Seele und voll Gründlichkeit, Gekonntheit und bewundernswerter Unermüdlichkeit herzinnig streben.

1.10

Mein Lasso ist gehörig dazu angetan auch dich mit Schwung und Rasse einzufangen, um dich dem Herrn der Welten unverzüglich und loyal zur Verfügung und Verherrlichung zu halten. So viele scheinen nicht zu wissen, wie konkret Mir die Verklärung des Bewusstseins Meiner Schöpferwesen immerzu am Herzen liegt. Dabei ist es der Sinn der ganzen, langgedehnten Weltenevolution, dass sich die Bewusstheit Meiner selbst geziemend fortschreibt in den Myriaden. Auch in dir soll sich das Geistesdämmerlicht mit grösster Selbstverständlichkeit zum hellen Tag erheben und dir zur Offenbarung dessen werden, was du Bist, in deinem Sein und Geisteswesen.

Der Wege sind gar viele, um dich aufzuklären, doch das eine ist in jedem Fall das Ziel: Erkenntnis zu erlangen von der reinen Harmonie der höheren Welten, in die du eingebettet bist, noch ohne es zu wissen, und die dir alles was du Bist, als sinngemäss, verhältnismässig und bedeutungsvollerkären.

Das Feingeschliffene verträgt selbst die geringsten Kratzer nimmermehr. So darf auch deine Seele, ist sie makellos geworden, mit keinem unbotmässigen Gedanken mehr verletzt oder arg verwundet werden. Du hast es in der Hand, sie völlig unbeschwert und heiter, rein und in Bewusstsein ihrer gottgefälligen Schöne zu erhalten. Alles liegt an dir. Die Gotteswelt ist, wie schon immer, hocherhaben und du kannst dich ihrer wunderbarerweis versichern, indem du gut denkst, gütig bist und voll Sanftmut handelst an der Welt, wie auch an dir in allen Lebensangelegenheiten.

Das ist das Credo für die Meinen, die Ich selber Bin und die Mir Meine liebevollen Worte noch zutiefst verdanken werden.

1.11

Was dich retten kann, ist die Erklärung deiner Menschenrechte vor den Toren des ersehnten Himmelreiches, das du nur *Meinem* Sinn gemäss betreten und bewohnen kannst. Es ist schon viel darüber spekuliert und ausgetüftelt worden, was an erster Stelle stehen soll der Nöte, die im Allgemeinen per Dekret behoben werden sollen. Interessanterweise haben die gelehrtesten der Menschengeister nicht einmal erwähnt, was für jedermann zuallererst Bedeutung haben soll, nämlich: Das Recht zu sein, das eben auch die geistige und ewige Dimension umfasst. Diese zu erkennen und ihrer Dominanz gemäss zu handeln ist eben mit dem Recht ein Auftrag, der von allen wahrgenommen und erfüllt sein sollte, akkurat am Ende der jetzt laufenden Epoche der Bewusstseinsbildung.

„Mag die Welt, wie du sie siehst, ins Nichts zerfallen, Meine Worte aber bleiben immerzu bestehn", hat einer dir ins Herz gesprochen, der es wissen muss in seiner Unvergänglichkeit von Gottes liebevollen Gnaden. Zu sein ist wohl von hier, doch noch viel intesiver von der andern Seite, die so vielen nicht plausibel ist, oder die sie bloss vermuten in der Beschränktheit ihres Schauens, Wissens und Agierens.

Ich aber Bin Mein eigner Urgrund und verehrenswerter Seinsgespan in allen Universenregionen. Mein Sein ist Legion in jedem glitzernden Partikel, wie in jeder Galaxie, in deren Raumbild sich Myriaden Sonnen tollen. Hast du Mich in dir begriffen, kann dir nichts Destruktives mehr geschehn, denn dein Recht zu sein ist für alle Zeiten abgehandelt und bestätigt durch sich selbst in seiner Vielfalt, Einheit und Erhabenheit. Was du hier Bist, das Bist du immer schon gewesen, und was du sein wirst kann nicht anders als mit unerschöpflich, unermesslich, unverwüstlich und von ewiger Gelassenheit beseelt bezeichnet werden.

1.12

Kommst du Mir nah, wirst du von Mir mit ungeheuerer Magnetik angezogen, so dass du Meinem Walten auf Gedeihen und Verderb verfallen bist in deiner Wissenschaft und Seelensymmetrie. Der Drang nach Meiner Macht und Güte ist ein ganz natürlich Phänomen, das allen Menschenkindern innewohnt in ihrem delikaten Weltenleben. Nur fühlen viele sich so hin- und hergezogen, dass sie Meinen Zug glatt übersehn und sich dabei recht unbedacht auf's Glatteis geistiger Natur begeben. Die viel verschiedenen Gelüste sind Verbindungen mit Kräften zuzuschreiben, die gerade das nicht wollen, was Ich will, und die dich ungeniert für ihre wirren Zwecke brauchen wollen. Allzuviel ist ungesund, ist hier zu sagen. Zerstreutheit hat noch niemandem geholfen sich auf das Eine, Wesentliche und Erbauliche zu konzentrieren, das Ich Bin, und das seit eh und je den Seinsgedanken vehement und liebevoll vertritt für menschliche Gemüter, die sich ernsthaft um die Klärung ihrer Lebenssituation bemühn. Du tust gut daran, dein Hier-Sein nach den Regeln aufzufassen, die Ich als gut befunden vor dich hingestellt und für Mich ausbedungen habe. Das wird sich dann zu deinem Besten und Erfreulichsten erweisen, denn um mit Mir in näheren Kontakt zu treten, braucht es Disziplin und eben die Befolgung Meiner Forderungen, die den Lebensstil im Gottessinn betreffen, deinen Niederungen angemessen. Was dir oft nicht bequem ist, wird sich für den Aufstieg in Mein Reich als nützlich und begehrenswert erweisen. Du brauchst dich nur dem Lichte, das im Überall erstrahlt, gehörig zuzuwenden und schon gehst du auf dem Pfad der Herrlichkeit dem Herrlichen bewusst und liebevoll entgegen. Sein ist das Reich und sein bist du mit allen deinen Fibern geistiger Natur, die dich zum wahren Glücke in des Seins Bewusstheit und Bewunderung geleiten.

1.13

Wer von euch genug hat von den weltlichen Querelen und Verwüstungen, Ängsten und Enttäuschungen, der wende sich zu Mir und sehe sich sogleich allwie in einen wundervollen Garten eingelassen. Doch eines merke dir: Es kann nicht ohne feurige Begeisterung für's Schöne, Reine, Liebevolle und Dezente gehn. Erst wenn du reingewaschen bist von allen Unbotmässigkeiten, bist du würdig, in den Tempel Meiner schönen Künste einzutreten. Statt verloren, fühlst du dich mit allem, was da *ist,* auf's Innigste verbunden. Statt negiert, hat sich das Blatt gewendet und du schaust deiner Zukunft und Befriedung hoffnungsvoll entgegen.

Dir ist es gegeben, statt mühsam vorzupreschen, mit der grössten Selbstverständlichkeit in *Meinen* Wassern mitzuschwimmen, um dabei mit Eleganz und Leichtigkeit zum langersehnten Ziele zu gelangen. Du freust dich Tag für Tag an dem was auf dich zukommt und bewältigst jede Hürde mit dem Sprung der Meisterschaft darüberhin. Hast du im Seelengrund begriffen, worum es wirklich geht, kann dich kein Unheil oder Missgriff mehr in Rage bringen. Du vermittelst deine Brötchen ohne jeden Aufruhr und geniessest, was da opportun ist, in der Weise, wie die weisen Väter es schon immer wohlbegründet taten.

Willst du jemand auf die Hörner nehmen, witterst du sogleich die Untat, die du zu begehen anhebst, und vermeidest sie, indem du dich auf Mich besinnst und Mein verehrenswertes Über-dich-Verfügen.

Wo sich das reine Götterdenken durchsetzt, herrschen unsagbar befriedende Verhältnisse, die sind der Menschen Trost und Fortschritt, Seinsbeweglichkeit und Liebesmelodie. Du brauchst dich nicht zu zieren, wenn du dich der Heerschar derer anschliesst, die sich ungeniert nach den Prinzipien der höheren Welten frei heraus bewegen. Das lässt dich glücklich sein und werden in der Folge von Verrichtungen, die Meinem

Weisesein entsprechen und die konstant in's Meisterliche münden, reinen Seins und wonnevollen Strebens.

1.14

Grossmut und Gerechtsein die dich dazu bringen zu erkennen was du bist und was du leisten kannst in dir und deinem Umkreis, sagenhaft und morgenschön. Das himmlische Geleite ist dir sicher überall, wo du es als gegeben und beförderlich erkannt hast in der Wucht und Weichheit deiner Erdentage. Bist du tapfer, so erträgst du auch die Korrekturen, die es an dem Weglauf deines Handelns anbringt, um der Vollendung deines Menschseins Willen. Noch ist nicht allzuviel perfekt geworden, wo es darum ging, vertrauenswürdig, unbestechlich, redlich und korrekt zu sein in deinem renommierten und beglaubigten Gehaben. So mancher Fallstrick und gemeiner Trick ist da mit Eleganz und Schlauheit zu umgehn, damit du Mir in keine Grube fällst von seinsverachtendem Klischee. Ich sorge vor für alle Fälle, die dir Unheil und Verachtung bringen könnten. Deine Reputation ist Mir genau so wichtig, wie es Meine eigne ist, weshalb? Weil wir uns zum Verwechseln ähnlich sind in Sachen Seinsressourcen und entsprechendem Gehaben. Siehst du das nicht ein, so kommst du nicht vom Fleck in deinem noch so wilden und verzweifelten Gestikulieren. Mein Wille und Mein sagenhaftes Resümee müssen dir auf jeden Fall zu Hilfe kommen, damit die Weltenideale auch durch dich und deine Leistungsfähigkeit verwirklicht werden.

Mein Ziel ist nach wie vor ein paradiesisches und mitteilsames Miteinandergehn im Rund und Bund des Erdenseins für alle Inkarnierten wie für die noch Wartenden auf ihren Dienstbefehl. Du trägst ihn schon in deinen Herzenskammern regelrecht verborgen. Doch hast du ihn zu finden, zu entziffern und strikte zu befolgen, damit dein Glück und deine Seligkeit vollendet sind im Seinsbewusstsein, das Ich dir schon längst als Himmelpfand gespendet habe.

1.15

Wer gewinnt, was Ich verliere? Akkurat dein Wesens Muster, Munterkeit und züngelndes Malheur. Von Mir bist du begütert, kann man sagen, von manchem Unwägbarem jedoch nicht, was das berühmte Equilibrium bewirken sollte in des Daseins Zauberstationen.

Bequemer kannst du's nicht mehr haben beim Besteigen des von Mir für dich bereiteten hochgebenedeiten Fürstenthrons. Ich habe dir den roten Teppich ausgelegt, damit dein Füsschen sich auf's Wohlbekömmlichste erwartet und empfangen sieht. Bist du geneigt, von solcher Ehrung redlichen Gebrauch zu machen, will Ich dich mit sanfter Unruh zu den Seinsgenossen stossen, die schon vor Zeiten liebend gerne bei Mir eingetroffen sind. Im Vergleich mit deinem Aufwand ist in diesem Falle der Ertrag besondert üppig, so dass du dich im reinen Freuden winden kannst darüberhin.

Verhältnismässigkeiten Meiner Art und Weise wirken sich im Menschentum besonders vorteilhaft und innig aus, so dass es eine Schande für dich wäre, sie zu ignorieren. Es bahnt sich sowieso für dich ein Wunderbares an, indem Ich dir die Aussicht auf das makellose Seinsglück offenlege. Du kommst hierher, siehst es und kannst dich nicht davon enthalten, siegend in es einzuziehn. Erst sind es spärliche Momente, wo du dich in andre Welten hochgehoben siehst. Doch werden diese häufiger und vollbewusster, bis du dich beständig als Verklärter in den Regionen Meiner Geistigkeit verankert siehst. Im Zustand dieses Seinsgewissens bist du regelrecht von einem Wonnesein von höherer Natürlichkeit durchzogen. Du bist dem Zeitlichen enthoben und Ich Bin dir das Nonplusultra allen Daseins in bewundernswerter liebevoll verzärtelter Manier.

1.16

Nicht in Bausch und Bogen solltest du, was Ich dir Bin, verbannen, sondern es mit offnen Armen aquirieren und willkommen heissen. Das Leben ist kein Spass, doch ist es eine fabelhafte Lehrzeit, während der Ich dich durch viele Inkarnationen führe, um dir zu erklären wie du wahrhaft Mensch wirst nach des Gottes meisterlichem Ideal. Für Mich ist das kein Traum, derweil du noch wie träumend durch die Lebenstage schlenderst, schleichst und galoppierst. Noch hat dich nicht der Blitz der Selbsterkenntnis bis ins Innerste getroffen, um dich aufzuwecken mitten in des Lebens kapitalem Seinsgewinn von Meiner Ideologie. Das wird dann zu einem Freudenfest von überragendem Bedeuten, wenn du vor Mir dastehst als ein Aufgeklärter in den Disziplinen: Seinsbetrachtung, Menschenwürde wie Empfinden Meiner Wirksamkeit im allweltlichen Format.

Zwar trägst du herzlich wenig dazu bei, dem Leben an sich Form und Farbe, Seinsgeduld und Hoffnung zu verleihen, doch in der Myriadenvielfalt bildet sich die Kompetenz, die menschliche Natur zum Guten oder Miserablen zu verändern. Damit das Menschsein nicht zum Schlendrian und Schmierenstück verkommt, verleihe Ich ihm den potenten Segen der Gewissenhaftigkeit, Wahrhaftigkeit und permanenten Seelenruh. Dies zu erreichen sei auch deines Willens Manifest und Freudigkeit, Bekenntnis und Manie. Nichts Besseres und Schlechteres sei unter diesem Titel dir beschieden als die Seinsglückseligkeit in Meiner Arme Bund, sowie die selige Vertrautheit mit den höchsten Wesen, die da *sind,* aus Meinem allerreinsten Sein auf's Trefflichste geboren.

1.17

Nimm dir ein Bad im Ganges oder Rhein, du wirst auf jeden Fall von manchem penetranten Weh genesen. Es heisst ja nicht umsonst: Dein Glaube hilft dir, wenn er nur beständig ist, profund und siegessicher allezeit und ganz besonders in den Fällen, wo die Sache heikel wird, riskant und folgenschwer. Mir geht es darum, dass du dich der Schöpferkräfte inne wirst, die noch so gerne lauschend dich umhangen. Sie sind es die dein strahlendes Bewusstsein leichthin in den Zustand höherer Begrifflichkeit und Klärung heben, die dich dazu fähig machen Dinge überirdischer Natur in aller Form und Sachlichkeit herauszusagen. Es ist Mein Wille, dass auch du zu dem erlauchten Kreis gehörst von denen, die sich in der Wohlbekömmlichkeit, Gutherzigkeit und Harmonie elysischer Gefilde eingerichtet haben. Das ist ganz reell und wirklich zu verstehn und wird auch auf's Intimste ausgekostet von den Glücklichen, die solcher Ehre teilhat und bewusst geworden sind.

Sie dösen nicht mehr vor sich hin im Zuge der enormen Wachheit, die sie ohne weiteres für sich gepachtet haben. Erhellen und Durchschauen ist das Ambiente geistiger Natur, in das sie eingetreten sind, um sich mit hochbeglücktem Geiste darin kräftig und entschieden umzusehn.

Es muss auch dir gelingen, früher oder später das berühmte Ziel der Menschengöttlichkeit und seinsbewussten Abgeklärtheit zu erreichen. In dir seiend ist es Mir selber gegenüber höchste Pflicht, dich dieser Ordnung zuzuweisen und auch wirklich in sie einzufügen. Deine Weisenheit allgöttlicher Natur erstrahlt dann sonnenhaft im eignen Lichte und verbreitet Freude, Makellosigkeit, melodische Bewegtheit und Glückseligkeit in einem, welche die Gestilltheit und den exquisiten Zauber deines ewigen Hierseins wunderbarerweise offenbaren.

1.18

Das Fabelhafte ist nicht fern, sofern du dich voll Eifer zu ihm wendest, um es zu ergreifen und um fortan siebenfach beglückt und namenlos befriedet bei ihm zu verweilen. Es gibt so viele mustergültige Gelegenheiten, bei denen du dich passiv oder aktiv, bejahend oder reserviert verhalten kannst. Der Grund für deine Haltung bleibt derselbe, doch der Ausgang der Geschichte wird verschieden sein, je nach der Qualität, mit der du denkst und hoffst und liebst im All der Gedanken. Auf jeder deiner Reifestufen steht dir eine angemessne Schar von Geisteshelfern zur Verfügung, die dein Sein und Sinnen je nach Wunsch verstärken oder schwächen wollen. Warum denn noch verzagen, wo doch dem Vertrauen dazu viel bessere Ergebnisse beschieden sind? Ja, wirklich, was du immer willst, wird dir von Mir beschert und gar vieles noch dazugegeben. Mache auf, und Ich erfülle, was du so begehrst, wache an den Toren des Bewusstseins und lass nur Positives und Erfreuliches passieren.

Ich behandle jeden Weltenbürger ganz genau nach seinem Handeln und Den-Weltenbund-Verstehn. Wie köstlich reimt es sich zusammen, wenn die Allermeisten ihm den Drive verleihen, der ihm unbedingt gebührt. Sie schauen nicht auf das was ist, sondern widmen sich dem Künftigen, das Gottesweisheit, Glorie und Gnadenfülle offenbart. Was willst du tun? In Meinem Takte vorwärtsschreiten, oder dir den Weg verbauen durch Besorgnis, Leidenschaft und Missverstehn? Ich plädiere für die Macht und Wissenschaft des Seins, das allem innewohnt und das auch deine Wahrheit ist, dein Licht und dein allherrliches Vermögen. Was du in dir als Zartheit und Empfindsamkeit verspürst, sind Meines Geistes Wellen, die gebieterisch und träumerisch an deine Ufer schlagen. Betrachtest du sie in der Stille des Gemüts, begründen sie in dir die Herzenswohlfahrt unbesorgter Tage und verkünden leis gestimmt und kaum bemerkt den Lobgesang Elysiens.

1.19

Im Moralischen hast du noch viel von Mir zu lernen geliebter Seinsgenosse und beflügelter Scholar. Du drehst dich um und um im Kreise deiner illusorischen Begabtheit für das Weltenleben, dem du noch lange nicht gewachsen bist in der Überschwänglichkeit und Dichte deiner Ambitionen. Es ist dir nicht gegeben haargenau zu wissen, wohin die Reise geht, mit ihren unzählbaren Windungen und Mäandern, bis sie dich ins Meer spült rabenschwarzer Ungewissheit beim geheimnisvollen Weltenabschiednehmen.

Vieles was du denkst und tust stammt noch aus alten Zeiten, wo das Ländliche, einfach Gehaltene, dir Ruhe brachte ins empfindende Gemüt. Deine Seele sehnt sich nach wie vor danach, von dem inzwischen breit gewordenen Geflitter loszukommen, um in stiller Andacht vor dem unsichtbaren Herrn der Welt zu weilen in Glückseligkeit und Herzensfrieden. Um diese Werte musst auch du im Aufwall banger Zeiten heftig kämpfen, bis sie ständig mit dir durch das Leben gehn. Es wird dir ohne deinen dezidierten Willen nichts geschenkt, was wahre Anmut und Bekömmlichkeit verbreiten könnte. Rufst du jedoch Mich ins Spiel, so ändert sich die Situation mit einem Schlage, und du fühlst dich hocherhaben über das, was für dich eben noch bedrückend und bedrohlich war. Nicht du hast das Verwandelnde getan, sondern Ich, weil du es dir gewünscht hast und zutiefst verlangtest in der Seele sanftem Weh. Ich Bin es der dich stets zu neuem, sagenhaftem Tun beflügelt, das dich springen lässt vor Freude, und ob dem du deine Ruhe findest im beglückenden Vor-Ihm-Verweilen.

So bist du denn, wie allezeit, auf mannigfachen Pfaden zielgeführt zu dem, was du dir Bist, in Meinen

Argumenten und Verfügbarkeiten, Forderungen und Belehrungen zuhauf, ohne die du nicht mit Anstand existieren kannst. Du sollst begabt sein mit dem Wissen um dein glorioses Ende jetzt wie im Unendlichen, indem du Mich touchierst und deine Ähnlichkeit mit Mir in Szene setzest, wunderbarerweise, konsequent und wohlbewahrt in Herzlichkeit und Frieden

2

Wunderbar melodische Gesänge

2.1

Wunderbar melodische Gesänge sollen dich von nun an durch den Lebenslauf begleiten, als von Mir verliehen und geführt im Heil und in der Heilung deiner Zeiten. Beachtliches hab Ich an dir getan, doch eines musst du selber tun, den Schritt ins Unermessliche zu wagen. Bald kommt die Stunde, wo du mit Meiner statt mit deiner Elle missest, was geschieht und was geschehen soll in deinen märchenhaften Niederungen. Mit sanften Gesten oder saftigen Befehlen führe Ich dich himmelan, wo Meine Gärten dich erwarten. Nichts hindert dich, so reizend wie gekonnt tagein, tagaus in Meinem Sinne zu agieren, bis volle Übereinkunft herrscht im Dort und Hier. Ich erbitte Mir nichts sehnlicher als deinen Willen, Meinem Anspruch zu genügen in der Formel Eins, die allezeit von statten geht. Den Feinschliff Bin Ich im Begriff, dir zu verpassen, der dich zum Kunstwerk stilisiert, nach Meinen götterlichten Idealen. Da gibt es keinen Aufschub, bis gerade du in der allherrlichen Gestalt erblüht bist, die zu deinem Wesen passt, sowie zu Meinem in vollendeter Manier.

Hast du nur einmal die subtile Seligkeit des reinen Seins erlebt, willst du sie immer wieder inniglich erleben. Diesen Willen gibst du niemals auf, weil er dir bald zum Edelsten und Unentbehrlichsten gehört in dieser wie in künftig ausgemachten Inkarnationen. Das einst so Ferne wird dir innig nah und offenbart sich dir als das, was Ich dir Bin, das Sein an sich an dem die Wesen alle wie an einem Mammutlebensbaume hangen. Das Ganze ist gefunden, das Elysische wird erlebt und deines Seiens Mass ist vollgestrichen mit Glückseligkeit und absoluter Wonne des Dich-selbst-Erlebens.

2.2

Aus dem Reich der Ewigkeiten komme Ich daher und übermittle dir die Botschaft makellosen Friedens, der von Mir zu dir herniederströmt in kunstvoll angelegten und entzückenden Kaskaden. Gedenke Meiner, hast du hoffend zu Mir aufgeschrieen und Ich wusste sogleich, wo Ich dich in den Allweiten finden konnte, um dich zu segnen und zu trösten in der höchsten Seelennot. Das ist dir nun zum Metier und zur erhabnen Pflicht geworden, Mich zu suchen überall, auf dass Ich Mich gern finden lasse in erbarmender Manier. Du hast ja schon begriffen, wie die Welt, in der du Bist und die Ich Bin, in einer Einheit ohnegleichen sich erlebt, von der auch du ein minikrimes Teilchen bist, mit Meinem Seherblick gesehn.

Somit bist du einbezogen in die allgemeine Seinssubstanz, Standarte und begehrenswerte Weltidee. Diese Note und Nuance deines Existierens hellbewusst und ständig zu erleben ist dein Ein und Alles, dem du dich mit Haut und Haar verschreibst, weil es dich frei und glücklich werden lässt in wunderbar ereignisvollen Zügen. Die Verwandlung deines hasenfüssigen Bewusstseins in ein mit Geisteskraft gefüttertes, erhabenes Idol, ist das tauglichste und liebenswerteste Geschehn, das dich erreichen kann in deinen unablässigen Beförderungen, Dienstbarkeiten und verspielten Kapriolen. Mangelhaftes ist aus deinem Sosein ganz bewusst herausgestrichen worden, Friedevolles und Erbauliches hingegen hast du hellbewusst gepflegt und aufgepäppelt, bis es dir gelungen ist, selbst im schrecklichsten Tumult die Herzensruhe zu bewahren und als ein Fürst der ewigen Gerechtigkeit in dir zu ruh.

Ohnefurcht und Seinsgewissheit gehn mit dir gedankenvoll spazieren und erlaben sich am Sinn, der sich beglückt im Universensein verbreitet und verliert.

2.3

Malaysia ist fern, von deiner Warte aus gesehn, für Mich jedoch ist es die Mitte Meiner selbst im Universenreigen, den Ich feierlich vor aller Welt vertanze. Vom Kargsten bis zum Köstlichsten an Mir ist alles dazu angetan, Mich und Mein Reich zu schmücken, fremdländisch, farbenprächtig und verlockend in der Art und Weise, wie es arrangiert ist vor Mich hin. So walle Ich dahin durch die Äonen, wie zu einem Freudenfest geladen. Das soll auch für dich die juvenile Haltung sein, mit der du dich dem Abenteuerleben weihst, voll Energie, Gelassenheit und seliger Vertrautheit mit dem Ewigen. Deine Augen glänzen in der freudigen Erwartung dessen, was da kommen soll und dein Gemüt erfreut sich wonnevoller Hochgestimmtheit ob dem Schmelz der in den Lüften liegt und sich das Herz erobert, lind und morgenschön.

Ist dir die sichere Bestimmtheit, mit der du vorwärts schreitest, zum Begriff geworden, fällt es dir leicht, ein Mensch des positiven Wirkens in der Welt zu sein, der sich tapfer durch die Höhen wie die Tiefen führt, die sich vor ihm auftun, um seine Wesensattitüde, Aperçu und wohlerwogenes Kontinuum in allen Ehren zu vollenden.

Schonunglose Offenheit bedeutet für dich, Selbstbesinnung auf das, was noch zu verbessern wäre an dem Habitus, den du normalerweis vertrittst. Das ist dann der erste, höchst valable Schritt, zum Aufstieg in Mein Reich der tausend Herzlichkeiten und Gewinne neu geschätzten Seins und Lebens. Du wirst und bist zugleich in aller Form ein gottbegnadeter Komplize seiner himmelweiten Dispositionen und Bekräftigung. Vor baut sich das Zelt des Friedens auf und schon in dem du es betrittst durchwallt dich die Beseligung der Seinsgerechten, denen nichts mehr fehlt, weil sie in Mir alles, was das ist, besitzen und sich daran für Zeit und Ewigkeit auf's Köstlichste erlaben.

2.4

Ausgezeichnetes ist dir beschieden alsobald, wie du den Pfad gefunden hast in Meines Reiches glänzenden Bezirk, wo alles seinen Wert und seine Heiterkeit besitzt in wunderbar harmonischem Begreifen. Deine Ansicht von der Welt hat sich verändert zu Gunsten einer Schau von überirdischen Vortrefflichkeiten, die weder dem Zerfall noch der Korrumpierung unterliegen. Was Ich immer schon vertreten habe, ist die dauernde Vermehrung Meiner Werte und Errungenschaften, denen man von weitem ansieht, wie wohl sie sich in ihrem Sein und Sinnen, ihrer Schicklichkeit und Rarität befinden. „Koste, was dir zufällt von den Höhen", will Ich dir als zuverlässigen Geheimtipp vor's Gewissen legen, und sei dir stets bewusst, wie dein seelisches Befinden sich in erster Linie und Lasur auf das bezieht, was du persönlich als gerecht und schön, verehrenswert und tapfer, oder eben miserabel und verachtenswert empfindest.

Nährst du dich in deiner Ansicht von der Meinen, so kannst du sicher sein, dass sie dich himmelhoch emporführt in die Regionen der gottselig aufgemachten Ideale, vor deren Glanz und Güte du dich nur verneigen kannst in Ehrfurcht und holdseligem Behagen. Meine Losung ist: Im Seinsvertrauen wird die Über- wie die Unterwelt als gut empfunden, weil in beiden sich unwiderstehlich und rasant die Evolution vollzieht, für die Ich Mich zuallerst und bis zuletzt noch vehement verwende. Diese, Meine gotteswürdige und wunderbar beförderliche Eigenart hat sich schon immer zur Bewährung wie zum allerbesten Meiner Schöpfungen verwendet und ist deswegen auch für dich auf's Innigste zur Akzeptanz empfohlen. Mein Duktus liegt auf Effizienz und tatenfrohem Frieden. Mein Überzeugen ist das Sichtbarwerden überirdischer Ergebnisse und Qualitäten.

Dass Ich Bin, kann Ich dir füglich sagen und dass das Glück Mir aus den Augen strahlt ist eine weitere Bestätigung von dem was noch in jedem Wesen sich zur seligen Erfüllung drängt und sie wie nichts herbeiführt in ereignisvollen Demonstrationen.

2.5

Manifest der Liebe Bin Ich wie der Liebenswürdigkeit in allen Sparten guten, reinen Lebens, die Ich für alle willigen und zuversichtlichen Gemüter eingerichtet habe. Wie sieht deine Seele sich vereint mit dem was Ich dir Bin in guten Treuen, in des Seins elysischen Gefilden. Ein über's andre Mal nennst du dich Klug-Gewordener, Verzeihender und Hochbegnadeter und schaust derweil in deinen Tiefen in das myriadenfältige Geblinke eines Sternenmeers. Als von Urgewalt besessen, schreitest du beherzt und tatenfroh dahin, wo Ich Mich schon auf's Gottgefälligste, vor allen Zeiten eingebürgert habe. Diese Reise ist nicht wirklich, wie du's meinen könntest, sondern virtuell in wunderbare Höhn getragen, wo das reine, seelenvolle Ur-Sein seinen Wert verspielt. Da sag Ich dir auf's Häuptlein zu: du träumst das alles, was du hier noch bist und hast daran auf's Tunlichste und Feinste zu erwachen.

Keineswegs wird hier Schönfärberei betrieben; hilfreich mag dir hierzu die Bemerkung sein, dass alle deine Güter dieses Eine niemals aufzuwiegen und ihm gleich zu sein vermögen nämlich: Nur zu sein, nichts weiter und dabei dein höchstes, sagenhaftes Glück zu finden. Was das heisst, kann dir die Engelschar bestätigen, die hoch zu deinem Haupte sich in wunderbaren Kreisen übt in Geisteshelle und verblüffender Verschwiegenheit, als ob sie denn schon alles wüsste was da *ist* und was sich ihr zur Seinsbeseligung serviert. Du wirst noch staunen, wenn dir alles dieses zu Gesichte und Gemüte kommt und deine Augen werden strahlen ob der Pracht Elysiens, von der du dich umfangen siehst, um ewig heiter, leichthin lupenrein und friedevoll in ihrem Wohlgewissen zu verweilen.

2.6

Nur das Eine kann dir nottun: dass du Meine Fähigkeit erkennst, aus dem Geistgemenge Wirklichkeiten zu erschaffen, die dennoch illusorisch sind verglichen mit dem Sein, in dem Ich Mich erfühle. Geist vom Geist Bist du und wirst es ewig bleiben, Gewinner nach unzähligen Verlusten, die du dir selber angetan. Unwissenheit ist eine Plage, die massiv am ganzen zerrt, das du dir Bist, und das in ein Kontinuum von ewiger Bewusstheit münden soll nach abervielen Lehrlingsjahren. Dein Bild von Mir soll sich in das von dir verwandeln und dich darin unterstützen, Mich zu pflegen als das Höchste, Liebenswerteste und Genialste in der jovialen Menschenbrust. Dauernd teste Ich die Avancierten auf Beständigkeit im Wallen, wie auf Ehrfurcht vor dem, was Ich ihnen Bin in liebevoller Grazie und himmlischer Gewähr. Du meinst es gut, doch muss *Ich* es unendlich besser meinen in des universenweiten Schaffens Gloriole, Spontanität und Sagenhaftigkeit.

Tragisch muss es dir erscheinen, dass du nah am Abgrund dich befindest und noch nicht flügge bist, um ihn galant zu überqueren. Das gebiert Verzögerungen, welche dich ins Abseits bringen von dem Ritual des steten Fortschritts, Meinen Höhenfeuern zu. Du musst dich sputen, um vor allem in den Sparten Geistigkeit und Wachheit, Wachsamkeit und Lebensmut voranzukommen. Ich helfe dir dabei aus guten Gründen, welche sind: Sublime Solidarität mit allen Wesen Meiner Zunft und Zünftigkeit, Mitgefühl im Werden und Beglückung im verehrten Sein, sowie du es gewonnen hast in dir.

2.7

Das Krause lass beiseite und gewinne dafür das bewusste Gradstehn für das Ideal, das Ich dir mit auf deinen Menschenweg gegeben. Es würde dir ein Leichtes sein, durch Tag und Jahr dahinzutänzeln, wenn du nur voll ins Seinsvertrauen tauchen wolltest. Da liegt der Hund begraben, dass es dir schwerfällt, Meinem Ehrenwort zu trauen um damit, von Mir geführt, durch dick und dünn zu schwadronieren.

Du brauchst nur im Vergangenen zu forschen, ob *Ich* dich jemals akkurat, in dem was du dir wünschtest, gnadenlos verliess. Das Gute wie das Schlimme, das du dir erdachtest, ist getreulich auf dich zugekommen. Deswegen soll es dir wie nichts daran gelegen sein, in deinem quirligen Gedankenarsenal nur noch die trefflichen zu pflegen. Das macht dich fit und heil und lässt dich wohlgesittet gedankenfroh agieren.

Ich schlage Mich durch's Band mit dem herum, was du von Fall zu Fall in deinem Wohlverstehen oder deiner Hybris ausprobierst. Was soll das heissen? Dass Ich in dir gegenwärtig Bin in heissen oder kühlen Tagen, in der Fülle sowie in der ärgsten Not.

Mit dem, was Ich dir Bin, ist eben nicht zu spassen, denn es reagiert sensibel auf die leisesten Bewegungen und Wünsche deines Herzgefühls. Erkennen sollst du, was Ich dir mit Meinem Innesein bedeute und wie viel Seinslebendigkeit dir Meinerseits entgegenflutet. Eben darauf ist dein Heil begründet, deine Heiligung, wie auch die Herzensheiterkeit, die du erfährst, dass *Ich* in dir das kompetente und gewissenhafte Sagen habe. Horchst du auf Meinen Ruf, ist alles, was du solltest, wohlgetan und deine Harmonie mit dem was *ist* bleibt dir auf's Trefflichste erhalten.

2.8

An brisantem Zündstoff kann es dir nicht fehlen, der dich fähig macht, zu kämpfen und zu siegen für dein Wohl, wie für das Meine in den Geistessphären. Ungezählte Argumente führe Ich getreulich an, die dich zu Mir und Meinen sagenhaften Geistesgründen führen. Du stellst dir vor, wie alles, was da *ist* und lebt und sich bewegt, beileibe nur das Offenbare ist von einer Wirklichkeit und Fülle geistiger Natur, an der die Welten wunderbarerweise hangen. Dringst du gedankenvoll in dieses Seinssubtile ein, beginnst du alsogleich deines wahren Wesens Medium und Meisterwürde zu erkennen und dementsprechend auch zu lieben, herzensgut und loyal. Dein Sein ist eine Kostbarkeit von überragendem Bedeuten und soll von dir erfahren und gewürdigt werden ohne jedes Wenn und Aber. Das allein macht dich zum wahren Helden und Quasar am Himmel der Gerechten, die ihr Sein gar liebevoll in alle Welt verstrahlen.

Demnach ist es dir seit eh und je vergönnt, Mir auf dem Wege des intensen Überlegens wie vernünftigen Handelns nah zu kommen, als Geist vom Geiste, wie als Mitglied einer Bruderschaft von lebenstreuen Praktikanten einer höheren Gewissheit und Moral. Du bist dazu bestimmt, in einem Kreis von Seinsver- ständigen und von der Geistwelt Überzeugten deine Zelte aufzuschlagen, um mit ihnen einem Dasein von Erhabenheit und tiefgefasster Allheit wohlgemut zu frönen. Das erst befördert dich zum gottesmenschlichen Gehaben, Sein und Sinnen, die weit über allem so allein irdisch aufgemachten stehn. Das ist dein Glückes Anfang und die Fülle deiner Zeiten, denen nichts mehr fehlt und die voll Süsse und bewundernswerter Schöne an Mir hangen.

2.9

Der Marder muss die Lebenslust auf seine Weise pflegen, wie auch du. Doch ist es dir ein Leichtes, den enormen Unterschied in beiden Ressorts und Gewöhnlichkeiten zu entdecken. Genauso muss es Mir ergehn im Hinblick auf dein Wesens Selbstverständlichkeit, Naivität und Unbekümmertheit im Sein und Leben. Das schliesst in diesem Fall nicht aus, dass Ich dir Meines Daseins Überlegenheit und Würde, Wirksamkeit und geistige Beweglichkeit in allem Ernste offenbare. Da zeigt sich dir ein Bild von ungeheurer Macht der zündenden Gedanken, wie von einer Zartheit des Empfindens ohnegleichen. Du bist von Mir umströmt und liebevoll durchdrungen. Meine Masse sind in der Unendlichkeit erwogen, wie in jedem Seinspartikel, das Ich von Mir in dich lege. Willst du wissen, was du wirklich Bist in deines Wesens Hauch und Lebenslustparade, so verweise Ich auf Mich, das ewig Seiende, den Universengeist, der auch in dir das Erste wie das Letzte ist und sein wird in unendlich vielen hochsensiblen Meistergraden.

Du magst dich Mir auf jede Art und Weise zu entwinden suchen, reüssieren wirst du nie, derweil du nur vom Einen in das Andere fällst, das sich als dasselbe Unteilbare Einige erweist in unendlich vielen Variationen.

Willst du inniglich verehren, kann nur Ich in Frage kommen, der sich mit namenloser Sorgfalt über alles beugt, was *ist*, um es in treuer Liebschaft und Bewusstheit ins Unendliche zu heben. Stets stehen Meine Zeichen auf Erfüllung der Gegebenheiten mit dem Licht der Weisheit und Glückseligkeit, das bis in die fernsten Universenwinkel vorgedrungen ist, um neue Welten, Wirklichkeiten und Besonderheiten zu kreieren. Von Mir geht alles aus und zu Mir kehrt alles wieder im Vermächtnis, das Ich ihm mit liebevoller Attitüde zugehalten habe. Heil bleibt heil und Unheil ist verschwunden in der Sagenhaftigkeit des Seins und seiner Urkraft, seiner Seligkeit, wie seinem unermesslichen Behagen.

2.10

Querulanten sind bei Mir nicht eben hoch geschätzt. Sie müssen sich bewusst sein, dass sie bald einmal von Mir mit Stumpf und Stil und ihrer veritablen Bosheit ausgerottet werden. Es wäre ja so einfach zu erkennen, dass gegen die Gewalt der Meereswellen niemand ankommt, ausser Mir, der sie geschaffen. So bildet sich das Leben auserlesene Gesetze, um sich selber zu erhalten, sowie in seinem Drang nach Perfektion und Wohlgeordnetheit je nach Bedarf geziemend nachzugeben.

Gar vieles klärt sich dir, wenn du nach *Meinem* Sinn und Geist agierst und dich gewissermassen fallen lässest in Mein abergründiges Revier, allwo du noch so gern empfangen wirst mit offnen Geistesarmen. Wie wolltest du den Karren schmeissen, ohne die Gewähr für wohlerworbenen Erfolg, wie für die Wonne, die dich darob auf's Köstlichste erfüllt. Recht bald einmal schlägt dir die Stunde der geheimen Offenbarung, die dir enthüllt, was du dir Bist und was du sein kannst ohne jeden Zweifels Seufzen. Edelmut und Tapferkeit, Geduld und Lebensliebe sind für dich vonnöten, um dahin zu kommen, wo Ich dich haben will im Glück der Firmamente, licht und schön.

Beschaulich ist, was Ich dir unter's Kissen lege und beschaulich sollen in der Tat die Bilder sein, die du dir vorhältst um dich und deine Welt bei guter Laune zu erhalten. Das erfordert Kraft und Sinngehalt von Meinen Höhen und muss von dir herabgerufen werden ohne Unterlass und Resignieren. Das stellt dich auf und macht aus dir ein Bijoux der Verständigkeit und Liebe allem Leben gegenüber und befähigt dich, aus ganzem Herzen allen gut zu sein, die dir recht wohlbedächtig zu begegnen haben.

Eine wahre Kunst ist es, im Leben vollbewusst und würdig zu bestehn und eine Herzensfreude noch dazu, wenn du Mein Sein in dir auf's Innigste begriffen.

2.11

Was dir entgegenlächelt ist die Summe aller Gutheit, die Ich dem Leben an sich mit auf den äonenlangen Weg gegeben. Öffne dich dem liebenswürdigen Geraschel und Getuschel, das dich rings umgibt und lass dich von ihm auf's Natürlichste und Jovialste fazinieren. Alles, was dich richtig packt im Leben, kannst du als Impuls betrachten Meinerseits, um dir bedeutendere Wachheit und Bewusstheit einzuprägen. Was stimmig ist von dem, was dir auf's Schärfste oder Wohlbekömmlichste geschieht sollst du behalten. Alles andere jedoch hast du hinwegzuweisen, weil es dich zurückbringt oder deinen Lauf verzögert hin zu Mir und Meinen Herrlichkeiten.

Als flögest du Mir zu, sollst du dich auf die abenteuerliche Fahrt begeben, die zur besseren Erkenntnis deiner selbst sowie zum Akquirieren einer Welt von faszinierenden Besonderheiten führt. Sie öffnen dir den Sinn für's Ganze und bewirken, dass du dich wohlfühlst unter deinesgleichen, die den Zauber ihres Seins zutiefst begriffen haben.

Was kann dir Besseres und Wunderbareres geschehen, als dass du Hand in Hand mit Mir, dem Weltenschöpfer, fürbass durch das Leben navigierst, um in ihm immer neue Inselchen, Atolle, Wogenberge und perfide Senkungen in einem unerhörten Lernprozess in Fülle zu erfahren. Von trefflichen Gelegenheiten gibt es nie genug, dich weiter auszubilden in den Sektionen: Menschlichkeit, Natürlichkeit und Himmelsharmonien, die dir allesamt zu höherer Bewusstheit und Entschiedenheit verhelfen.

Hältst du das für nichtig, wichtig und gediegen, so übe dich fortan darin, in Meinen Gärten zu lustwandeln und dich an ihrem Charme und Übermass an feinen Lieblichkeiten zu ergötzen. Das ist und sei dein Los und deine Lässigkeit im Geben, Nehmen, Lieben, Loben und den Wiederhall der Göttlichkeit tiefinnig zu geniessen.

2.12

Mit allem was du tust sollst du deine Herkunft loben und damit Mir, dem Schöpfer, zu gefallen sein. Was immer du dir Bist, ist unverdient auf dich gefallen, was dir errungen scheint, ist eine Gabe Gottes an die menschliche Natur. Du hast ein kostbar Lehen zu verwalten, das Ich dir anvertraut und hingegeben habe: Dein Sein und Leben, das du mit wohlbedachtem Feingefühl zur blühenden Vollendung bringen sollst in Meinem Liebesgarten. Von was kannst du behaupten, dass es dir gehört, wogegen Ich alleiniger Besitzer bin von allem was da *ist* und kreucht und fleucht und seine Taschen füllt mit dem, was ihm in Grund genommen nicht gehört. Diese Einsicht mag dir sehr zustatten kommen bei der Planung deiner Aktionen die im Allgemeinen nur dem einen Zwecke dienlich sind, dein Eingebildetsein zu unterhalten und dich mit den Gaben der Natur zu mästen, Meiner wissend weisen Übersicht gemäss.

Willst du ein Kenner Meiner Gründe und Gepflogenheiten werden, so schaue tief in dich hinein und konstatiere, was dich leise dazu drängt, nicht nur dich selber, sondern die enorme Universenwelt zu sehn, die dich voll Anmut und Gediegenheit umgibt, mit allen ihren Plausibilitäten und Schikanen. Nie hättest du dir denken können, dass ein Einzelner zu einer solchen Fülle genialer Taten fähig ist. Und dennoch ist es Mir gelungen, ein Weltenepos aufzubauen von enormer Daseinsdichte und Bewegtheit, wohlbegründeter Gestalt und auserlesenem Gebaren. Nicht aus sich selber sind die Wesen so, wie sie dir eben jetzt erscheinen. *Ich* habe ihnen Wohlgestalt, Verschiedenheit und Attraktivität verliehen von der Einfachheit, bis weit hinauf zum höchst Komplexen, das Mir ganz besonders liegt in Meiner Neigung, Grandioses zu gebären.

Schätze, was du Bist, und mehre es im Wunder deines Daseins, wie in der Gelegenheit, Mein würdiger Gefährte und Mein glückerfülltes Ebenbild zu werden.

2.13

Inspirierte haben an Mir gut zu lachen, weil Ihnen alles wie am Schnürchen von der Hand läuft in vollendeter Gestaltung und Regie. Sie wissen sich in jeder Lebenslage alsogleich zu helfen, indem sie sich voll Eifer und auf's Äusserste gewissenhaft Meinem weisen Ratschluss unterziehn. Ihr Sein ist wie das Meine eitel Freude am Gestalten eines Daseins von bewusster, sagenhafter Qualität. Das Rendement von ihrem Tun und Lassen ist beachtenswert und unvergesslich, wenn man in Betracht zieht, dass es vom Ewigen durchpulst und verlebendigt worden ist. Ich Bin dabei dein einzigartiger Gespan im Denken, Wirken und den Siegespreis gewinnen. Dein Teil ist nur zu lauschen und blindlings und vertrauensvoll das leis Vernommene gebührend auszuführen.

Alles was Ich von Mir an die Lebewelt vergebe, kann sich explizite auch auf dich beziehn. Meine Worte sind in vielen Fällen sybillinisch aufzufassen, das heisst, es braucht Geschick und Witz, um sie goldrichtig zu erklären als begehrenswerte Götterbotschaft im Allhier. Manchmal ist es nur ein minikrimes Zeichen, das Ich dir und aller Welt verleihe. Doch die Wirkung steigert sich in's Riesenhafte, wenn die Menschen es als Sinnspruch göttlicher Brisanz, Belehrung und geheimer Offenbarung werten.

Du solltest konsequent und selbstlos in die Speichen Meines Weltgefährtes greifen, um es zielgerichtet und bewusst voranzubringen, einer Gottesglorie von überirdischer Gelassenheit entgegen. Mein Sein wie deines ist der Inbegriff von Güte, Grossmut und gottseliger Bewusstheit am weltweiten Sein und Leben. Deine Stärke ist Mein lebenspendendes Revier und dein Verlangen ist gestillt auf ewig akkurat an Meines Herzens liebevollem Hofe.

2.14

Was immer du im reinen Sein erwanderst, ist auf's Allerbeste wohlgetan und darf sich rühmen, nach unendlichen Prinzipien erfolgt zu sein mit entsprechend positiv geladenen Folgen. Du frägst dich, ob das denn bis ins Unendliche so weitergehen kann und sollst von Mir erfahren: Wenn es nicht so wäre, hätte alles keinen Sinn, und Un-Sinn willst du wohl nicht treiben wollen. Leben, um zu sterben ist für keinen wachgewordnen Menschen eine Option. Aber immer weiter existieren als das Wesen geistiger Potenz und Seinsbesonnenheit, Gedankenschärfe und Allliebe schon. Du legst den Körper ab, wie ein Stück Tuch, in deinen Lebensnöten. Dann trittst du ins Erkennen, dass du Bist die schaffende Unendlichkeit, aus der die Dinge all hervorgehn, welche sich wie etwas Seiendes gebärden, ohne es zu sein. Das erzeugt die grandiose Illusion, mit der das Gros der Menschen sich noch schlecht und recht herumplagt, in unergiebigem Gehaben.

Ich Bin so frei, dich darauf hinzuweisen, dass du Bist das Wesen der unendlichen Synthese und Gefälligkeit am Sein und Leben, Sinnen und beglückendes Gebären. Was dir wahrhaft frommt, ist durch Mich vor dich hin geraten, was du sein kannst ist gerade das, was du schon bist in deinen Träumen und Verwirklichungen allergrössten Stils. Dein Gehaben ist dem angemessen, was dir zusteht als im Sein Erwachter und ins Buch der Weisheit Eingeschriebener mit goldnen Inkunablen und verblüffenden Hieroglyphen, deren Sinn du allgemach entzifferst, um dich am Ende wie erlöst zu finden in der wunderbaren Schau auf was du Bist und was du werden kannst, in deiner gottgesegneten, zutiefst beglückenden Allüre.

2.15

Beim Zeus worüber willst du dich beklagen, o Mensch, derweil Ich dir das Paradies verliehen habe. Du brauchtest nur Gerechtigkeit, Allliebe, Loyalität und Ehrfurcht vor dem Sein zu üben, um des Gottes Willen zu vollbringen, der dich liebevoll erschuf. Noch dominieren deine egoistischen Gefühle und Gebärden, was zu Ungleichheiten und massiven Ungerechtigkeiten führt. Doch kann Mein Weltenwerk nur als vollendet gelten, wenn das Gesetz der Bruderliebe lückenlos zum Zuge kommt und sich selbst die Allerdürftigsten in ihrem Leben bestens aufgehoben fühlen.

Viel zu wenigen ist bisher klar geworden, dass alle Weltenwunder längst noch nicht genügen um den allgemeinen Frieden und die Herzensharmonie zu garantieren. Dazu ist ein Wissen höheren Formats vonnöten, das das Einssein aller Wesen offenbart. Deine Einsicht soll sich endlich dahin wenden, wo das Weltgeschehn begonnen hat, wo aus dem Einen alles Menschliche entstammte und sich in der Folge über den Planeten breitete. Das Eine ist es immer noch und niemand hat das Recht das anzutasten, was Ich Mir in der Vereinzelung geworden bin im Laufe der Äonen. Wende du dich diesem Faktum zu und helfe jedem, der da *ist*, sich weiter zu entfalten bis zum allgemeinen, liebevollen Miteinandergehn. Das Bewusst-Sein ist der Schlüssel zur Erkenntnis deiner Lage, und die Kraft der Liebe das Motiv, um alles Seinslebendige zum einen Schaffen an demselben götterlichten Ideal zu führen. Das ist Mein Wissen um die Welt, in der du dich bewegst und deren wahre Werte es zu Ehren gilt, gedankenvoll, zutiefst beglückt und von Gottseligkeit durchzogen.

2.16

Von Kränzen umwunden, mit Liebe bedacht drehn sich die Elfen im Tanze und huldigen Mir. Bist du dir bewusst, dass eine Welt wie deine nur für dich in ihrer Fülle existieren kann? So viele gibt es demnach wie da Menschen sind auf dem verheissungsvollen Erdplaneten. Mir aber ist nur eine zuzuschreiben, universenweit, derweil Ich alles, was da *ist*, enthalte und entfalte in der Überschwänglichkeit der Geistessphären. „Der Geist weht wo er will", will Ich hier sagen und damit betonen, dass auch der deine konsequent und höchst erfolgreich expandieren kann bis in die fernsten Regionen Meines Seins, derweil sie auch zu deinen werden.

Seinserkenntnis ist demnach der grosse Trumpf, den es für dich und jeden auszuspielen gilt im delikaten und bewundernswerten Lebensspiel. Das Wissen um dein Sein befördert dich genau in der Beziehung, in der Ich dich befördert sehen will. Viele Zweige wachsen dir am

Lebensbaum, doch der des Seinsbewusstseins ist der wichtigste und kräftigste, an dem die andern sich ein trefflich Beispiel nehmen sollen.

Du kannst nimmer ganz mit dir zufrieden sein, solang du nicht die radikale Seinsverbundenheit vollzogen hast, die dich zum wahren Gottesmenschen stilisiert, an dem die Seinsverklärten ihre helle Freude generieren.

In der Erkenntnis deiner wahren Eigenart, Identität und alldurchdringenden Allüre siehst du dich in deinem Wesen als Vollendeter und Richtungweisender bestätigt und darfst als Vorbild gelten für die Kommenden, in denen Liebe und Geduld, Gottseligkeit und Himmelsanmut auf's Bewundernswerteste entfaltet sind.

2.17

Ich will dein Recht erstreiten, wo immer du dich aufhältst und wo dir deine Gläubigkeit zugute kommt im täglichen Dein-Menschensein-Erleben. Jede deiner Mühen wird von Mir auf irgendeine Weise grandios belohnt, um dich dazu aufzumuntern, mehr und mehr für deine Lebenswelt zu tun. Schliesslich sucht einjeder nach dem Sinn in seinen Nöten und der kann nur gefunden werden im Verein mit Mir und Meiner Wissenschaft vom Sein und von seinem multiplexen Werden.

Ist es dir auch nicht vergönnt zu wissen, wohin die Universenreise geht, so mag es tröstlich für dich sein, dass Ich es selber auch nicht kenne. Ich entfalte Mich weiss nicht wohin mit Meinen unerhörten Fähigkeiten, doch ist die Universenlage so komplex geworden, dass sie keinem definierten Ziel mehr zugeführt und angemessen werden kann. Eines jedoch sei gesagt: Ich bin dabei, Mich in den Dingen ständig zu vertiefen, um sie zu mehr Lebendigkeit, Bewusstheit, Solidarität und Lebenswonne hinzuführen. Bis ins Unendliche stets mehr zu sein gebiert ein Herzensglück von wunderbar begeisternden und liebevollen Massen. Die Welt wird rund, vollkommen austariert und paradiesisch schön für jene, die ihr Sein in Mir begriffen haben. Kannst du das nachvollziehn? Dein Bewusstsein von dem was du Bist verändert alles vom Bedenklichen bis weit hinauf zum götterlichten Wohlgefühl am Sein, wo alles stimmt was Ich Mir Bin und was Ich liebevoll und wohlverständig eingerichtet habe. Die konstruktive Logik herrscht allüberall wo Ich am Werken bin und wo die Späne zur begeisternden Vollendung fliegen. Ziehst du mit Mir hinan, so kann dich nur Erhabenheit beseelen, und das Glück der Sterne leuchtet dir beim steten Aufstieg in Mein Sein und Meine seinsbewussten Sphären.

2.18

Wohlgeordnet geht die Reise stets voran für jene, die Mich als Begleiter und als redlichen Kumpan gefunden haben. Unvergänglich ist die Heiterkeit, mit der sie vollbewusst durch's Leben ziehn und ohne jeden Tadel ist, was sie sich unablässig leisten wollen. So wie Ich dich kenne, wäre dir's auch angenehm, in Lauterkeit und Frieden, Ungebundenheit und Schöpferfreude vor dich hin zu leben, doch es tritt gar manche Störung ein, die das verhindert, was du dir in guten Treuen vorgenommen. Dazu kann Ich dir ein Wörtlein der Beruhigung vermitteln das da heisst: Geprüft wird, wer da glaubt Errungenschaften höherer Art und Weise aquiriert zu haben. Erst wenn du mit Glanz und Glorie bestanden hast, was Ich dir auferlegte, darfst du in den Gütestand der Auserwählten treten, die das Himmlische wie Höllische am eignen Leib erfahren und getestet haben.

Zu den Disziplinen deiner Kunst zu leben und zu sein gehört auch das Erfahren und Erfassen der Beziehung zwischen dir und Mir, woraus hervorgeht, dass im Grund kein Unterschied besteht, weil Ich de facto alles was du Bist genauso gut auch Bin im Wesen der Alleinheit, das Ich in aller Form und Fertigkeit repräsentiere. Kannst du malen, wirst du dir dies Bild auch wirklich und wahrhaftig vor die Seelenaugen zaubern können. Und du wirst es unbedingt bejahen in der weisen Überlegung, die dir anzustellen unbedingt gebührt. Dann aber heisst es jubeln ob dem Meisterstück das dir gelungen nämlich: Das Erhabensein erfasst und in dich eingefügt zu haben. Du bist dir selbst zum Ass geworden, so wie Ich es Bin und immer war und darfst in Meines Gotteswesens Zierde und Bewusstheit, Majestät und Herzensmitte selig weilen.

2.19

Meister sein ist auch für dich nicht ohne, besonders in den Zeiten der Versuchung, Kleinlichem und Mickerischem nachzugeben. Dabei musst du gar nichts tun, was Mir missfällt und was nur dazu dient, deine Schwächen auszuleben. Ich aber Bin die Heldenkraft in deinen Gliedern, das Priestertum in deinem Sosein wie Ich's Bin und deine Gnade in der Regelmässigkeit, mit der Ich dir den Schlendrian vergebe. Du hast Mein Wort, dass Ich dir jederzeit behilflich bin bei der Verwirklichung gewaltig renommierter Taten. Du brauchst dabei nur mutvoll und geschickt die Initiative zu ergreifen, damit Ich deinem Anschub das Vollenden folgen lassen kann. Alles was da sinnvoll, motiviert und schnurgerade abläuft, ist von Mir wie dir im selben Masse ausgedacht und austariert, anerkannt und massgeschneidert worden. Die Rolle, die du dabei spielst, ist haargenau die Meine, weil du eben Mich bist und grundsätzlich nicht befugt, nach etwas anderem zu schielen.

Meine Weisheit übertrifft bei weitem alles, was die noch nicht Angekommenen zu denken und zu planen fähig sind. Weshalb also nicht Mein überragendes Genie zum Freund und Partner zu gewinnen suchen? Dann ist es für dich ein Leichtes, brilliant und brüderlich, bezaubernd und grandios zu sein in der Bewandtnis, die sich aus der Gottgefälligkeit ergibt in deinem Lager. Hast du auch zuzeiten über Wüstensand zu schreiten, keine

Sorge, Ich begleite dich vom einen Rand zum andern der Misere, bis du wieder durch den Garten Eden glückerfüllt spazierst, um dir wie Mir die Ehre unbedingten Seinsvertrauens zu erweisen.

2.20

Komme was sein will, Ich gehöre nicht zu denen, die bereit sind, ob dem Weltenwirrwarr Trübsal, Missmut und Verängstigung zu blasen. Meine Seinsdevise lautet klar: Ich Bin und lasse nichts Verwerfliches an Mich heran, im Bewusstsein Meiner Hochheit und Solvenz allüberall wohin Ich Meines Götterwesens Wildheit, Anmut und Versiertheit treibe. Bis du solches auch für dich erfüllen kannst, muss noch viel Wasser rheinab fliessen. Deine Emotionen schlagen beim geringsten Anlass feurig hoch, der dich damit aus der Fassung bringen kann. Bekennst du dich zu Mir, vermag dich irgendeine Übeltat nur noch am Rande zu berühren.

Was du dir leistest, soll auf jeden Fall wohlüberlegt und in *Meinem* Sinne abgeglichen sein, damit es dir nicht aus dem Ruder läuft und du's bereuen musst, es angefacht zu haben. Die Lebensdinge zu beherrschen ist schon eine Kunst die tätiges Geschick erfordert und geduldig eingeübt und eingeschliffen werden muss, um erfolgreich zu verlaufen. Da lob Ich Mir Mein Können, das nie zuschlägt, ohne guten Grund dafür zu haben. Meine Sehnen sind gespannt, doch Bin Ich fähig, dieses Phänomen gezielt und wohlerwogen abzubauen, damit daraus nichts Schädliches entsteht. Gar vieles hängt mit dem Gefühl zusammen, das der Mensch in seinem Alltag pflegt und das verheerend wirken kann oder auch besänftigend, je nach der Deutung, die du ihm verliehen. Bei Mir bist du auch im Gebiete der Gefühle bestens und befriedigend beraten. Sie wallen bei Mir auf und fliessen sanft zu Tale nieder und sind des Lebens wohlgesittete Begleiter, Glück bereitend, Seligkeit und dezidiertes Wohl.

2.21

Völlig unparteiisch sollst du deinen Lebensdingen gegenüber stehn, damit das Equilibrium erhalten bleibt, das Ich dem vielbewegten Alltag liebevoll und wohlerwogen unterlege. Ob etwas förderlich für dich ist oder unnütz, musst du gar nicht auszumachen suchen, denn alles wird für dich zu dem wozu du es gestaltest. Deine positive Haltung mag noch aus dem peinlichsten Verhängnis einen Fortschritt kreieren. Sie ist die Basis für dein Wohl, und Meine ist es auch, die schafft Vertrauen und herzinniges Begreifen.

„Nicht Meiner, sondern Gottes Wille muss geschehn", soll als geflügelte Parole deine Lippen zieren. In Meiner Obhut kann dir keiner was verbiegen, unter Meinem Zelt gedeihst du prächtig; selbst unter pittoyablen Schwierigkeiten gelingt es dir geflissentlich zu reüssieren.

So schreitet Meines Gotteswesens Evolution unweigerlich und unbeirrt voran in der Richtung eines Höherwertigeren als es vordem war. Du bist im Grossen wie im Kleinen eingefügt ins götterlichte Brausen, das Ich freien Sinns und unter hunderttausend Wendungen geschickt und siegessicher inszeniere.

Meine Überlegungen und Willensakte sind stets lauter und gewinnend für der Menschen Wohl und sollen von dir unbedingt in deine Lebensrechnung einbezogen werden. Das kreiert ein Milieu von Gottesfreundschaft und Erhabenheit, Augenmass für's Köstliche, sowie ein Wohlgewissen allem gegenüber, was da *ist*, und was dazu beiträgt, dass sich einmal alle Wesen als im Sein sowie im Zustand paradiesischer Bekömmlichkeit in Universenweiten wissen und erfühlen mögen.

2.22

Kreative Wesen sind bei Mir noch immer bestens angeschrieben und werden von Mir unterstützt nach Strich und Faden und in liebevoller Pflege ihrer Eigenheiten. Sie sind Mir ähnlich in der Geistsubstanz, die sie belebt, sowie in ihrem meisterlichen Tun, das sich dem Meinen angleicht in der Genialität, die ihm von Mir beschieden.

Traure nicht um das, was du verloren, sondern freue dich auf die enormen Schätze, die du ständig zu gewinnen trachtest. Sie sind von Meiner Seite vor dir ausgelegt und harren deiner, bis du sie ergreifst in guten Treuen und mit Meines Segens Kraft und Urvermögen. Weisst du zu schalten, wie *Ich's* will, so wird dir alles wohl gelingen, was an deinem Wege zur Beförderung steht. Du gehst nicht stumm und zimperlich an dem vorüber, was explizite du ergreifen und in's wahre Sein erheben sollst. Selbst an dir kannst du vorübergehen, wenn du nicht erkennst, um was es denn zuallererst in deinem Leben geht und welche Mittel du ergreifen sollst, um das Notwendige und Unbedingte tunlich zu erreichen.

Wo du beginnst, ist deine Sache, doch wo du endest, muss unbedingt durch *Meine* Hände gleiten. Zu hoch ist dir das Ziel, zu breit und weit das Land, das du durchschreiten musst, um akkurat zu Mir zu kommen in den Sphären reinen Seins und reinen Wohlgeratens deiner himmelweiten Ambitionen. Was immer dir gelingt in diesen Regionen, wird zu *Meinem* strahlenden Gelingen und was du erntest habe Ich gesät, um dir Vollendung und Genügsamkeit, bewusste Integration ins Göttliche und seelenvollen Frieden zu verleihen. Herzensruhe, Wohlfahrt und Holdseligkeit sind dir beschieden, wenn du dich dem anvertraust, was deine Sinne nicht erreichenh können, und wenn du dir zum Herold wahren Seins und Künder der Unendlichkeit geworden bist.

2.23

Es koste was es wolle, aber du sollst auch gerettet werden in des wahren Seins und Sinnens überwältigende Sphären. Hirnwut, Stolz und Seelenblindheit hindern dich am Aufstieg in Mein Reich der siebenhundert goldgewirkten Gaben. Diesem Übel kann am besten abgeholfen werden, indem du in ein Milieu versetzt wirst, das dich dazu anhält, herzlich und wacher zu agieren in einer Welt der Scharlatane, Galgenvögel und völlig in sich selbst Verliebten. Ich kreide dir nichts an, doch will Ich deinen guten Willen laufen sehn in Richtung Tugendhaftigkeit, Versöhnlichkeit und Seinsgerechtigkeit am Fuss und Fluss des Lebens.

Warum willst du nicht schlusssendlich aus der Quelle der Weisheit Wasser trinken, frag Ich dich mit offnen Augen und besorgten Falten im Gemüte? Als wärst du nicht bei Sinnen, fuchtelst du im Zeug herum und verdirbst dir damit voller Leichtsinn manchen guten Braten. Sinn macht, was *Ich* dir zur gefälligen Beachtung vor die blossen Füsschen lege. Du brauchst nur mit Mir völlig eins zu gehn und schon bist du mit Schäufelchen, Pinzetten, Löffelchen und Gäbelchen versehn, um alles aufzuheben was dir frommt und um den Vogel abzuschiessen in der Länge wie der Breite deines Weidmannswerks im Grünen.

Toleranz ist Sitte wo *Ich* walte. Wie auf einer Waage von Toledo messe Ich den Grundgehalt von deinem oft so bitteren Agieren. Fröhliche Gesichter will Ich sehn, ob dem Erfolg den ihre Trägerinnen Meiner Hilfe wegen zu verzeichnen haben. Das stellt sie auf und stellt im weiten Umkreis den enormen Frieden wieder her, den Ich wie nichts verehre und der auch dich berühren soll im innersten Gehege.

2.24

Eine Köpenickiade führst du ständig vor Mir auf und genierst dich nicht vor Meinem zwitterhaften Augenblinken. Hand in Hand versuche Ich dich schon ein leben lang durch alle Klippen heil hindurchzuführen, doch das gelingt nur um den Preis der willigen Bereitschaft, mir partout zu gehorchen und dein Mass an Eigensinn zurückzustecken, ohne Murren kogenial. Möchtest du vor aller Welt geehrt und ausgezeichnet werden, bist du bei Mir fehl am Platze, denn die Gottestreuen haben es nicht nötig, als Giganten oder Drachentöter aufzutreten. Ihre Sehnsucht gilt den vielgepriesenen Gefilden, die belebend und begütigend, befruchtend und erhebend allem Irdischen zugute stehn. Sie sind auch dir herzinnig zu empfehlen, weil durch ihre Kenntnis erst das wahre Leben sich entpuppt und dem Ganzen seine Rundung und Verlässlichkeit verleiht, geradeso, wie es die Himmlischen in ihrem Sinn und Herzen tragen.

Dein Eigenschöpferisches soll stets vom Bewusstsein dominiert und angefeuert werden, dass es Meines ist in Kling und Klang und Corpore und überweltlichem Genie. Das Wissen um die wahren Komponenten deines Seins soll dich beflügeln und zugleich in Demut vor Mir stehen lassen, damit das Prophetenwort erfüllt sei: Du bist grandios und wieder klitzeklein in deinem Dich-mit-Glanz-Umwinden, sowie ob der Ehrfurcht, welche dich vor Meinem Universensein befällt.

2.25

Was du letztlich suchst, sind Herzensglück und Frieden. Diese wirst du nur in Mir und dem Besonnensein auf Meine Privilegien erlangen. Du gräbst und gräbst und wirst Mich dennoch erst im Liebeshimmel über dir sowie in deiner Herzensmitte finden. Das ist dann das Glück der Sterne fern von deinem Weh und ist die Seinsglückseligkeit die Ich dir zugeeignet habe.

2.26

Restriktionen sind nicht dazu angetan dein Freisein anzukurbeln, deine Einsicht in das wirkliche Geschehen aber schon. Widerstände sind dazu geschaffen von dir in Minne aufgelöst zu werden, noch bevor sie sich verhärtet und dich damit verunglimpft haben. Wie wichtig ist es doch, die Zeit in Harmonie mit dir und deinem Umfeld zu verbringen. Deine Energien werden nicht verschleudert und dein Image wird damit zu einem veritablen und erquickenden Idol. Selbst in zweifelhaften Situationen brauchst du niemals zu verzweifeln, denn Ich Bin ja stets bei dir, um diese zu entschärfen und der Wachheit und Wahrhaftigkeit gebührend Raum zu generieren.

Deine Züge nehmen den Charakter von subtiler Weisheit an, derweil in deiner lichtgewordnen Seele Ruhe sich verbreitet, stille Heiterkeit und makellose Harmonie. Wahrlich kannst du dich in aller Weltenunverfrorenheit, Lieblosigkeit und Tücke immerzu wie im Elysium fühlen, wenn es dir gelingt zu abstrahieren und die wahren Werte hochzuhalten. Jeder deiner fieberhaft begonnenen Gedankengänge kann durch seinsgeschicktes Werten und Manövrieren in ruhige Bestimmtheit überführt und schliesslich zur ersehnten Lösung und Befriedigung gestaltet werden. Du willst ja immer freier werden, siehe, dies gelingt dir Zug um Zug, indem du deine quietschenden Probleme eines nach dem anderen vor Meinem Richtstuhl präsentierst und dann Meinen Rat befolgst in minutiösem Reagieren.

Glaubst du denn es gäbe für Mich irgendetwas, was nicht stante pede einer Lösung zugeführt und hingehalten werden könnte? Wenn Ich schon Probleme schaffe, kenne Ich die Gründe dafür haargenau und verstehe es, mit ihnen meisterlich und weise umzugehn, sodass sie schlussendlich zur Beglückung und Beseligung der Angesprochnen führen.

2.27

Grosse Dinge zu verkünden tret Ich an und lasse niemand unbehelligt mit der Ansicht, dass Ich Bin und dass du Bist im Göttlichen verankert unfehlbar.

Die Leistung ist konstant, wo *Ich* am Werke bin und ohne Hast den Lauf der Dinge gütestrahlend überschaue. Kann der Fortschritt je gehemmt und stillgehalten werden, wo global gedacht, geforscht und disponiert wird, jahraus jahrein durch farbenprächtige Äonen? Ich setze an, wo Zögerliche längst den Löffel hingeworfen haben und beehrre Mich, selbst noch im ärgsten Mief unmissverständlichen Erfolg zu generieren. Das ist nur möglich, weil Mein Schaffen ständig Urständ feiert aus den Kräften eigener Regie, die Mir in unerschöpflicher Bewusstheit zur Verfügung stehn.

Das ist der Grund für Meine nie versehrte Hoffnung auf Erfolg in allen Lebensreichen, die Ich liebevoll und hautnah, überzeugend und gewissenhaft betreibe.

Auch dein Gemüt soll *Meine* Art zu wirken und zu sein begeistern und von seiner urgewaltigen Güte überzeugen. Das ist nicht weniger – und mehr, als du`s dir selber leisten kannst, im Bewusstsein der Vermählung, die Ich mit dir eingegangen bin in voller Wohlbedachtheit des riskanten weit und weitertragenden Manövers. Ich kann nicht anders, als in deinem Sein den Mann zu stellen, der Ich Bin, um dich durch alle Böden, Fährnisse, Versäumnisse und Wirrnisse hindurchzulotsen bis zum Gehtnichtmehr. Des inne kannst du ohne jeden Einbruch ruhig atmen, Tag und nächtig, im Bewusstsein deiner Ebenmässigkeit im Handeln, wie der Gotteskräfte, die dahinterstehn. Deine Segel sind gesetzt für Ewigkeiten und dein Ruhm wird alle Zeiten überdauern, weil es Meiner ist in Tat und Wahrheit wie im Seinsgewissen, das Ich ohne jeden Zweifel in Mir hege.

Das ist gewaltig, das ist legendär darfst du in aller Schlichtheit vor dir rezitieren und darfst daran in nie verebbender Glückseligkeit dein Wohlgefallen finden.

2.28

Mogeln ist bei Mir auf keinen Fall gestattet und womit du glänzest muss in allen Teilen echt sein und auf's Äusserste gediegen. Vor Meinen Augen kannst du nichts verbergen, weil es deine sind in jeder Phase und Verwicklung deines Daseins in die ungeheuerlichsten Seinsaffären. Nur durch Meine stete Gegenwart im

Leben aller Wesen kann Ich ein gerechtes Urteil fällen über ihrem Tun und Lassen, um es dann behutsam in die Richtung Meines Universenseins zu dirigieren.

Der Weltgeist, der Ich Bin, hat sich in dir zum Individuum erhoben, und die Summe aller Individuen macht Mich zu mehr, als Ich es vordem war. Willst du einen Sinn in deinem Leben finden, so ist es eben dieser, dass du durch dein Dasein dazu beiträgst dem ganzen einen neuen Schliff und Pfiff und eine sagenhafte Würde zu verleihen. Wohl magst du viele individuellen Werte und bewundernswerte Sächelchen kreieren, doch sie gewinnen erst in der Gemeinschaft mit den vielen ihr, von Mir gesegnetes, Bedeuten und damit die Erfüllung Meiner wunderbarsten Ideale.

Du hast die Evolutionsgerechtigkeit voll Eifer zu vertreten und darfst dabei das sagenhafte Glück des Reüssierens in dir spüren. Nun sage Mir, ob das nicht lebenswert und koscher ist, zu wissen, dass du in ein Weltenfeuerwerk gespannt bist und dazu berufen es ad infinitum in der Flut der Gottesweisheit unentwegt voranzutreiben?

Dein Lohn wird gross im Himmel sein, wenn du all dies recht begreifst und treu nach den Prinzipien handelst, die Ich dir zum Pfand und zur Verherrlichung des Lebens mitgegeben. Du stilisierst dich so zu Meinem gottgesegneten Gespan, in welchem das Vollbringen mit der Absicht übereinstimmt die da heisst: unendliches Erblühn, damit Vollkommenheit erreicht wird in den irdischen wie überirdischen Entschiedenheiten.

3

Nur das Eine kann dir nottun

3.1

Was du bist mit dem was *Ich* dir Bin gebührend zu vergleichen möge dir zur Pflicht sowie zum Ansporn werden für bewundernswerte Taten lebelang, bewusst und magistral. Ich seh in dir die Lust aufkeimen nach mehr Wissen über dich und deine Arbeitsfelder, über deine Ziele ebenso wie über das Unendliche, das dich so gefangen hält in seinen unerklärlichen Besonderheiten. Ich Bin von dort und kann dir haargenau erklären, wie sich das Zeitenlose anfühlt vom Moment an, in dem du in es eingetreten. Im Grund genommen geht es darum, dass du lernst dir die Lebensdinge durch Erkenntnis selber zu erklären. Zu diesem Zwecke gilt es deine Wachheit und damit die Seins-Bewusstheit wesentlich zu steigern, womit sich dir selbst die banalsten Dinge und Ereignisse in einem andern, höherwertigerem Lichte zeigen. Du hältst dir täglich anstatt frisch gezupften Blumenkohl und aller Welt Skandale die subtilen Lebenssituationen vor die Seelenaugen. Das heisst, du buchstabierst von A bis Z gelassen vor dich hin, wie eine Blume aus dem Samen mählich bis zur vollen Pracht erblüht. Du betrachtest die Natur als in sich heiliges Gebiet, das, von geheimnisvollen Kräften mild und wild durchzogen, still und munter vor sich hin lebt, durch Äonen. Was und wer ist es, der dich beseelt in ewig unveränderlichen Rhythmen, wie im seelenvollem Dich-im-Sein-Bewahren? Ich Bin es und du beginnst es zu erfühlen, wenn du ohne jeden weiteren Bezug gestillt im Stillen ruhst in wundertätigem Verehren. Nicht du bist dann der Mittelpunkt der Welt, sondern Ich in dir wie auch im Universum, das Ich Mir aus Meiner Raum- und Zeitenlosigkeit heraus geschaffen habe. Du bist Mich selber in ereignisvoller Aktion und darfst dich füglich an

Mich als den Vater aller Dinge über alle Widerwärtigkeiten im Triumphe hoch und heiter halten.

3.2

Was du erträgst wird auch von Mir in myriadenfacher Hochpotenz geziemend ausgehalten. Du darfst Mich ruhig und gewissenhaft zum Vorbild für dein Tun und Lassen nehmen, weil Ich nur Gutes aus Mir selber schaffe und weil Ich das Verdorbene dazu benütze, deine Güte zu erproben und dein Gutsein wesentlich zu steigern in der Lebensschule, die dich Tag und nächtig ziseliert. Worauf kannst du dich in deiner Ansicht von der Welt am sichersten berufen? Nur auf Mich, der sie erschuf und der gelassen in ihr waltet als in einem Abenteuer ohnegleichen, in das Ich Mich schon seit Äonen eingelassen habe. Wenn du dir's überlegst, dann bist du nicht per se belangbar für dein Tun, sondern Ich in dir, dem du nur allzu oft das Wasser abgräbst durch dein widerspenstiges Verhalten. Ich bfördere den Handschlag mit dem Vater der Allherrlichkeit in deinem Dich-Benehmen, damit die Sache reüssiert, die Ich in eifriger Gedankenfülle angezettelt habe.

Wer ist bereit, sich über deinen Weg zu trauen, wenn nicht Ich, wo sich die andern panikartig in die Büsche schlagen. Du bist nicht so schrecklich, wie es aussieht, weiss Ich zu berichten, denn unter Meiner kräftigen Regie wird viel Krummes an dir wieder gerad gebogen. Ich kann und will dich nicht verlassen, weil auch du zum ganzen einer Welt gehörst, die sich unweigerlich zur Einheit stilisiert in allen irdischen wie überirdischen Belagen. „Ohne Mich könnt ihr nicht sein", ist keine Floskel Meinerseits, sondern ist dem allertiefsten Weltverständnis abgerungen, das Ich allen Ernstes für Mich pflege. Pflegst du es auch so fangen deine Seelenaugen an zu blinzeln und du beginnst dich selbst als Göttersohn und Gottestochter zu begreifen.

3.3

Was Moral ist, kann nur *Ich* dir adäquat besagen, weil Ich das Nonplusultra aller Weisheit, Menschenfreundlichkeit und Sitte bin, im Irdischen sowie im Numinosen. In deinem Dich-Begründen drängt sich bald die Frage auf, warum noch so viel Unbeholfenheit, Rechthaberei, Willensschwäche und Verzagtheit gang und gäbe sind in der Masse der getreulich Inkarnierten? Da brauchst du nur den Lebensstandard zu verfolgen über ein paar tausend Jahre hin und es wird dir klar, wie enorm er allem Ungemach zum Trotz gestiegen ist in einer Evolutionsspirale sondergleichen. Das Ganze, das Ich Bin, zieht das Einzelne mit sich hinan und erklärt sich aus sich selbst als mächtig, liebevoll und seinsgediegen. Wer diesen Standard nicht erreicht hat, kämpft und siegt und taumelt, rafft sich wieder auf, lernt und driftet mählich doch der wunderbaren Einigkeit mit Mir entgegen. Nicht der materielle Wohlstand, doch der geistige ist entscheidend für den Success, den du verzeichnen kannst in deiner Generationenreihe, wie in deinem Seinsgenie. Kein anderer als du ist je befugt, dein Eigensein und Sinnen zu touchieren. Du gehst bergauf und -ab und bereitest dir vieltausend Sorgen und Vergünstigungen, doch das Eine ist dir lange noch versagt zu konstatieren, dass du Mich bist auf der Fahrt in immer höherwertigere Seinsbezirke und gediegenere Episoden. Bist du aber bei Mir angekommen, so war alles jahrelang Erlebte unbewusst der Aufstieg zum Triumph in Meinem Lichte, Meiner Makellosigkeit und Meiner sagenhaften Seinsgewähr. Ich Bin, wirst du dir sagen, Ich war und werde sein in nie verebbender elysischer Genügsamkeit und Seelenaugenfrische und werde weiterwandern immerzu in der Unendlichkeit der wonnevollen Göttersphären.

3.4

Mundpropaganda tut dir not und gut ganz besonders auch von Meiner grünen Seite, deren Anblick dich erfreuen soll von Inkarnation zu Inkarnationen. Was Ich dir unverwandt beliebt zu machen suche, ist die Pflege des Bewusstseins über deine Lebenszeiten hin mit dem erhabnen Ziel, es standfest, selbstbewusst, durchschauend und auf Mich gerichtet in das künftige Geschehn zu tragen. Wohlan, unzimperlich und seriös packst du, was da zu tun ist, an, um es zu einer wohlgelungenen Errungenschaft zu führen. Es ist als ob, und ist es auch, die Himmelsgeister dich begleiteten auf deinem Weg durch Fährnis und Fanal zu lichterlohen Höhen, wo die Schicklichkeit, Holdseligkeit und Tugend fürstlich thronen.

Hältst du fest an deinen kriegerischen Kompositionen, folgen dir Pandora's Übel auf dem Fuss. Besinnst du dich jedoch auf Mich dem Freund und Helfer im Gewirr der Lebensstrassen, lässt sich alles mollig an, was du vertrittst und was auch Ich an deiner statt vertrete.

Kaum wirst du's glauben, wie sehr dich Meine Weltenkräfte liebevoll umschwirren, um dir Vergünstigungen aufzuzeigen und Besänftigungen. Sie sind an sich von Heiterkeit durchschossen wie von Wohlgemutheit ohnegleichen, die deinem Leben Festlichkeit und Halt an heiligen Prinzipien verleihen. Doch sollst du wissen, dass dir ohne Mich nichts sonderlich gelingt, was du dir vorgenommen. Es ist ein abergründiger Graben zwischen dir und Mir, der kühnen Geists zu überwinden ist in Anbetracht des Aufbruchs zu den Sternen, der noch ansteht vor der zugeschlossenen Bewusstseinstür. In *Meinem* Geist gediehen kostet dich die Überwindung gar nicht viel und lässt dich schliesslich im Elysium landen als im Land der Sehnsucht, des Erhabenseins und der fidelen und beglückenden Gemeinschaft mit den Seinsverklärten.

3.5

Dir mag sich eine Flut von Widrigkeiten, Ärgernissen und Bedrohungen entgegenwälzen, doch du achtest ihrer nicht, weil du dich fest verankert siehst in den Prinzipien des Seins, die Ich dir mächtig und beschwingt, prächtig, wohlbekömmlich und beschaulich zugehalten habe. Was es heisst, sich ganz und gar für Mich und Meine seinssensiblen Raritäten stark gemacht zu haben, sage Ich dir auf der Stelle: Du gerätst in einen Freudentaumel ob der Losgelöstheit und Perfektheit, die dich nun beseelen. Weder dass dich etwas kratzt und kitzelt, hinwirft oder hemmt, du siehst dich als ergebene Konstante in des Seins solemnen und verehrenswerten Tribunal.

Wo fühlst *du* dich daheim? Wohl für kurze Zeit in deinen vielen Sächelchen, Liebhabereien und so brüchigen Verbindlichkeiten, dass ein Windhauch oft genügt, sie gründlich zu zerstören. Du regst dich auf, wenn auch nur das geringste deiner Güter beschädigt oder gar entwendet worden ist, als wär's ein Stück von dir. Mon dieu, magst du entgeistert rufen, ein Lamento ohnegleichen muss die halbe Welt aus deinem Seufzermund vernehmen. Tröstet, Kameraden, den der so viel Leid ertragen muss in seinen besten Jahren und Verbindlichkeiten.

Was du immer tun kannst gegen Eigenliebe ist, deinem Nächsten eine kleine Wohltat zu erweisen. Wer ist dein Nächster? Jeder, der dir, schwer belastet im Gemüt, entgegenkommt, damit deine milde, tatenfrohe Hilfe ihn zu neuer Lebenslust erwecke und zu wohlbegründetem Entzücken, einem ungeahnten Glück entgegen. So auch geht's mit Mir. Du erlebst der gottgefälligen Ressourcen Kraft und webende Geselligkeit a fond und lässet dich von ihnen zu den Sternen tragen. In Mir bist du saniert und Meine Züge sind dein allerbester Zug der ewigen Glückseligen entgegen.

3.6

Wende dich zu Mir, ist Meine gängigste Parole, dann bist du aller Sorgen und Behelligungen mit *einem* raschen Schlag enthoben. Du glaubst an Mich und dich und lässt dich nimmer wie am Gängelband vor deine Zeitgenossen führen. Deine Seinsgeschichte nimmt auf jeden Fall ein sagenhaftes Ende, wenn sie konsequent und glorios in *Meinem* Buche steht in aller Offenheit und anerkanntem Wohlbewahren. So oder so muss jedes Schicksal Meinen kapitalen Stempel tragen. Aberviele haben schon versucht, dem Einfluss galoppierender Gewalten zu entfliehn, doch keinem ist es je gelungen, ob es nun ein lukrativer oder schauerlicher war. Die Geisteskräfte sind es längst gewohnt, an deiner Schwelle zur Bewusstheit längelang zu warten, bis sie von dir eingelassen werden, um durch dich der Welt zum Fortschritt oder zur perfiden Hemmnis zu geraten. Hüte dich vor denen, die ihr Leides tun und halte dich an die erlauchten und von Mir gesegneten Gestalten, die bewusst und siegesfroh auf Meiner Seite operieren.

Von Meinem Hofe magst du fordern was du immer willst, es wird nur Gutes ausgegeben. Ich verzeihe und befreie, beselige und reinige die Menschenseelen von dem Wahn in dem sie sich gefangen halten. Spürst du Mein Ich in deinem Du, kannst du getrost durch deine Lebenszeiten gehn und ihnen alle Pracht und Glorie abgewinnen, die Ich dir in Meinem Ressort und Refugium bereitet habe.

Wo du auch stehst und gehst, stets gilt es für dich Meinem Walten näher und schlussendlich unvermittelt nah zu kommen. Wirst du auch nur zuzeiten Meinen Saum berühren, so bedeutet das für dich schon eine wesenhafte Freude und ein Lob für hoffnungsvolle Taten. In dieser Hinsicht kannst du Meiner Geste des Versöhnens sicher sein, mit der Ich noch so gern vor dir erscheine, um das Mass des Glückes voll zu machen, das du im Bewusstsein Meiner heiligenden und begütigenden Gegenwart verspürst.

3.7

Das Geringe wird erst grandios durch Meinen Einfluss und Mein gottgesegnetes Gebaren. Auch du bist ihm beständig unterworfen, magst du auch noch so sehr auf dich allein bezogen sein. Quantum um Quantum löffle Ich dir ein am Geistesfall und -fügen und belebe deinen Horizont mit Auferstehungsfeuern. Ich schlage dir die Pfosten ein, zu denen du dich durch die Büsche schlagen sollst zu Meinen Seinsressourcen, Garantien und Glückseligkeiten. Aus der Seinsschatulle ziehe Ich und halte dir entgegen was dir frommt. Du brauchst nur zuzugreifen und schon bist du so gemacht wie ein blitzblanker Grand Senior in seinen besten Zügen. Durch Nehmen wird ein Band geflochten, dem das Geben innewohnt, und brauchst du vor dem einen dich nicht zu genieren, so brauchst du's vor den andern noch viel weniger, denn nichts gehört dir ganz, so wie du's glaubst zu wissen und weisst es meist auch dann nicht, wenn zu deinem Sarg die Hobelspäne fliegen.

Ich aber habe durch den Spalt gespäht hinter dem sich eine Geistwelt öffnet von überragender Kapazität, Manierlichkeit und allumfassendem Gefühl. Es ist noch keinem Sterblichen gelungen dort die Ordnung und das rechte Mass zu stören. Fest verankerst wirst du dort in einem Meiner pittoresken Häfen ruhn, magst du im Diesseits noch so sehr und weit herumkutschiert sein. Besser ist es, wenn du's weisst wie sehr Ich dich auf seinsgerechten Bahnen halte auf der Fahrt in Meine silberglänzenden Holdseligkeiten, die sich wie Weihrauchdünste kunstvoll und gewandt allüberall galant verbreiten. Niemals kannst du scheitern, denn du bist an Meinem Wickel in ein Milieu gezogen von glückseligem Erwachen an dir selbst wie von der

Wachheit des Unendlichen im Spiel und Spiegel Meiner Wohlbekömmlichkeiten.

3.8

Seinem Zweck entfremden sollst du nichts, denn du entfremdest dich damit im selben Zuge von dir selber und wirst dann Mühe haben, dich wiederum zurechtzufinden in der Welt der Wirklichkeiten und gestandnen Seinsbarone. Hier unten ist gut leben, können sie dir ohne jedes Flunkern jederzeit bestätigen. Du bist wahrhaftig sehr gerührt ob ihrem Auftritt und kannst dir die entsprechende Bewunderung nicht verhehlen. Hast du je begriffen, wie die Geisteskräfte, die um dich versammelt sind, ihr Sein und Sinngedicht mit Vehemenz an dich verspielen? Dann dürftest du dich ihrer Weisheit, Wirksamkeit und Allegrie mit allen Mitteln zu versichern suchen, die dir zur Verfügung stehn. Nicht zu spassen ist mit dem, was dir aus dem besagten Geistreich zukommt, weil es edelmütig aber auch verwerflich sein kann in der Spanne geisterfüllter Variationen. Miserablem hast du dann dein Hocherhabenes und Ausgezeichnetes zu präsentieren, wodurch es sich beeindruckt, einge-schüchtert und besiegt zurückzieht in sein Reich der höchst blamablen Widrigkeiten.

Fair ist es, mit allen Seinspositionen artgerecht und konsequent ohne Federlesens umzugehn. Das entspricht auch *Meinem* Willen für die Welt in der du dich herumschlägst und die dir stets als Stütze, Trittbrett, Magnum und probates Mittel für dein Weiterkommen dienen soll auf deiner delikaten Lebensbahn.

Nicht von hier ist, was Ich dir in allem Ernst erzähle, doch im Grund genommen viel reeller als das Illusorische in deiner Hemisphäre. Du bist in dem was Ich dir biete der erlesene Kurator deiner selbst und führst dich steil hinan in Regionen die nur den Behütern ewiger Werte vorbehalten und geweiht sind.

3.9

Zu Meistern hoch erhaben sollst du immer öfter gehen, um zu ihren Füssen die vortrefflichste Belehrung deines Lebens zu empfangen. Nützlich musst du deine Zeit im Hier verbringen, damit dir nicht mehr allzu oft zu inkarnieren nötig ist mit den Geschwadern, die sich noch zu wenig um ihr Seelenheil gekümmert haben. Öffnest du dein Herz für das was Ich der Welt voll Anmut und Natürlichkeit besage, kommt dir Himmelsweisheit zu, die dich erlabt, ermuntert und zu Seligkeiten führt, die du bis dato nie für dich gewonnen.

Es gibt so vieles für dich zu bedenken, wenn du dich auf deine Eigenständigkeit berufst. Lässt du dich jedoch von Mir und Meinem Tross begleiten, spricht dich in aller Offenheit das Eine an, das Ich dir Bin, womit du allen Lebens Rätsel als gelöst empfindest. Wie im Märchen darfst du in der Wohlfahrt Meiner Züge wohnen, um dich von den Strapazen deines Eigenseins gebührend zu erholen.

In Mir ist jede Regung deines Herzen Wohlfahrt, abergläubiges Gewissen wie gottseliges Gewalten so präsent, wie nie zuvor. Du atmest auf in deinem Dich-Begründen und verstehst die Welt, wie dich, in einem Mass das nur den Meistern zusteht in der Glorie des himmlischen Gedeihens.

Statt dass die Welt sich um dich dreht, drehst du dich wie ein Windhauch reiner Geistigkeit um sie und befruchtest mit dem Lichte deines Strahlens was da aufblühn will und leben. Du erreichst nun endlich die Gestade deines Hoffens und gesellst dich dort zu den Glückseligen, die die Spielart allen Lebens bis ins Mark begriffen haben. Eine Wonne ohnegleichen hüllt dich ein und durchströmt dein Sein in höchst authentischem Gehaben. Du Bist und sendest lichterstrahlende Signale in Allweiten kosmischer Regie, die sich geehrt und angesprochen fühlen von dem bruderschaftlichen Begrüssen, das du ihnen freien Sinns gewährst.

3.10

Wer dir echten Trost bereitet kann nur Ich sein in der Wohlgefälligkeit der Göttersphären. Ich weise dich zu Mir mit jedem Atemzug der dich ergriffen und durchströme dich mit Daseinsenergie von höchster Qualität und besten himmlischen Manieren. Es weht ein neuer Wind durch deines Daseins offne Galerien, der sie reinigt, gängig macht und ihren Wert geflissentlich erhöht. Zwar ist dir Zeitenlosigkeit beschieden, doch die Sektoren deines Seins sind weise abgeteilt in Perioden, während denen du ein wohlbemessenes Soll zu akquirieren hast in deinem Auferstehn zu Mir und Meinen Himmelsmarinaden. Es gilt dein Seinsgefühl wie deines Daseins Eigenart, Galanterie und Mustergültigkeit zu mehren, bis zur vollen Selbstbewusstheit deines Wesens. Das ist dann der Triumph des götterlichten Seins, das sich in alledem was *ist* verbreitet, um dich selbst auf's Intensivste zu beleben.

Qualität und Quantität sind hier ganz offensichtlich zum ersehnten Zug gekommen, der Mein Innesein erfreut wie deines in verewigten und unveräusserlichen Seinsdimensionen. Dein Wandel wie der Meine sind geklärt und sind wie immer im Begriff sich unfehlbar in's Sternenall zu dehnen, um sich in seiner Fülle, Seinsglückseligkeit und Wachheit, Wohlbekömmlichkeit und Harmonie erlöst zu fühlen.

In Mir gehst du dir nimmermehr verloren, weil du *Mich* geworden bist im Urbegriff des Seins, an welchem sich nicht deuteln oder rütteln lässt per se im seinselysischen Begreifen. Das kannst du, wenn du willst und das kann Ich an dir verrichten in der Selbstverständlichkeit mit der die Himmlischen in Sang und Klang und überirdischer Gelassenheit zu operieren pflegen. Du bist in Mir und Ich in dir und Hocherhabeners kann es nicht geben. Sei mit dir selbst zufrieden – und das All ist friedefertiger geworden, ermanne dich zu sein und eine Welt hat sich zur Ordnung höchsten Ranges durchgeschlagen.

3.11

Was *Ich* dir besage ist viel weiter als bloss literarisch anzusehn. Es sind Reminiszenzen eines Gottes, der sich deiner seelenvoll erbarmt, um dich behend in seine Himmel hochzuheben. Bevor du denken konntest dachte Ich Mir Dinge aus, die immer noch an fernen Horizonten stehn, um einst von irgendwem erfasst und eingefügt zu werden. Ist schon die Natur mit ihren üppigen Beständen bestens dazu angetan alle Wesen zu befrieden, sind noch viel mehr Gaben geistigen Geblüts vorhanden, um dem Menschenreich vollendete Genüge zu erweisen.

Es ist ein Wagnis ohnegleichen sich mit Mir und Meiner Seinsart einzulassen, denn Mein Resümee an Lösungen für deine brennenden Probleme scheint dem Deinen meistens abgrundtief zu widersprechen. Doch viel später wirst du einsehn, wie geschickt und weise Ich noch immer vorgegangen bin, um die Ansicht von der Welt, die du die Deine nennst, beträchtlich zu verbessern und schlussends bis in die höchsten Sphären zu erheben.

Bist du so weit gediehen, dass du glaubst was dir die siebentausend Geister Gottes einzuflüstern suchen, bedeutet das für dich, dass dir ein fabelhafter Schritt in Meine Richtung und Verhältnisse gelungen ist, die allesamt nur eines wollen: Dich in der Weise der Verklärung deiner Angelegenheiten zu beglücken Meinen Idealen zu. Es ist die Ordnung in den höchsten Regionen, die dich locken und dazu bewegen soll, gebührend in sie einzutreten, um dich in ihnen völlig frei und unbekümmert wohlzufühlen. Es sei, dass du dich Meinem Sinn gemäss verhältst und so zu einem Faktor reiner Güte wirst in einer Welt, die ihrer wie kaum je bedarf und die wie eh und je auf Loyalität, Verbindlichkeit und exzellenten Willen angewiesen ist.

3.12

Weisst du was Rettung heisst aus dreuender Gefahr? Es braucht dazu ein Höherwertiges als du es selber bist das aus seiner Sicht sich oft und oft bemüssigt fühlt dort einzugreifen wo es nottut in des Lebens, Liebens und Gewaltens Euphorie. Du fühlst dich oft allein und bist es trotzdem nicht, weil Ich an deiner Seite ständig fürbas geh. Konkret gesagt Bin Ich der Lebensgeist in deinem Herzen, der sich in dir vereinzelt hat, und weil du das nicht weisst, fühlst du dich immer wieder so verloren. Mach dich auf zu Mir will heissen: Suche das Bewusstsein zu erringen von dem was du ohne jeden Zweifel Bist und behalte es wie einen Schatz im Acker, als ein Kleinod in der silbernen Schatulle oder wie die strahlende Monstranz im Tabernakulum.

Wie anders, ausgewogener, manierlicher und feinge-fügter wird die Welt einst werden, wenn der Seins-gedanke in den Völkern Fuss gefasst hat und sich auch in anspruchsvollen Zeiten als ein Heildienst und befriedendes Politikum erweist in allen Schichten und Vermögensgraden. Keiner wird den andern mehr betrügen wollen, weil er weiss, dass er sich selbst betrügt im Milieu der Gottbegabung, All-gesehn. Deine Ansicht von dir selber ist als einzigartiges Kontinuum und Fluidum ins All gegossen, das als Allgemeingut existiert und jeden wunderbarerweise nährt und hütet, tiefbeglückt und ihm die so ersehnte Seelensicherheit beschert. In der Wachheit wunderbaren Seinserlebens wird dir alles klar was *ist* und was du stets in Szene setzest als der Herr und Prokurator, Weltgeist und Erhabene in corpore.

Unterscheiden sollst du zwischen dem ins winzige Gefallene von dir und dem im Sternenall repräsentierten, triumphalen Einen, dem nichts fehlt und der in allen Regionen Seinsgefälligkeit, Glückseligkeit und imma-nente Heiterkeit verbreitet.

3.13

Apokalyptisch mutet an was sich gegenwärtig in der Welt zusammenbraut, doch ist es, wie schon immer, eine Wende zum Vernünftigeren in der unbeirrten Wucht des Evolutionenstroms, den *Ich* im Weltall generiere. Auch du bist in ihm angetreten, um dein Sosein zu erleben und zugleich dem Meinen einen hochbedeutenden Gefallen zu erweisen. Wie macht man das, wirst du naiverweise fragen. Da schau dir deine Finger an und überlege dir, von wem sie stammen und ob sie nicht letztlich göttlichem Geblüts sind in der Generationenfuge deiner Ahnen. So kommst du zur Erkenntnis, dass dein Werk geradeso das Meine ist wie sich Myriaden-Weltentaten eine aus der andern folgern lassen.

Du bereitest dir beträchtliche Konfusionen, indem du dich in der Vereinzelung als ganzes fühlst und dabei stillestehst, noch ohne dich im selben Zug auch als die ganze Universenwelt zu fühlen. Gerade das jedoch ist die Bedingung und Bestimmung für dein Leben, dass du Einheit witterst in dem Vielen und dass du demzufolge auch agierst als Schützer und Begüter aller Wesen im Befolgen Meiner wunderbaren Inspirationen.

Trägst du dich Mir an, so kann Ich dir versichern, dass du allerliebst geborgen bist in Meinen wohlerwognen Dispositionen, Stimmungen und Reservaten. Wahrhaftig zu beneiden bist du, weil dein Fuss auf wohlgesichertem Gelände steht und niemand dich behindern kann in der Erfüllung deiner überragenden Kreationen. Du trägst hinzu und lässest fahren so wie *Ich* es tu und fühlst dich als ein immanenter und solventer Inbegriff von Meinem seinsgerechten Universenwesen.

3.14

Lobesam und lächelnd gehst du durch die Strassen Meiner Stadt und erwägst dabei, sie ständig zu verschönern durch den Auftritt den du leistest wie die Wohlbekömmlichkeit die du verströmst. Mehre du den

Glanz der Geistesqualitäten, die Ich vor dir ausgebreitet habe und verehre sie dem Weltgeist, der Ich Bin in unvergänglich zarter Harmonie. Sparsam sei im Reden, aber ungehemmt im Tun damit die fabelhaften Werke, nicht die Worte, dominieren. Ich reise immer nur das Allerbeste an, das Ich zudem in eigener Regie realisiere. Das geschieht zuerst in geistiger Beschaulichkeit,dann lasse Ich es zur Verwirklichung in alle Welten fahren. Meiner Fantasie gemäss gestalte Ich dezente und verehrenswerte Seinsgefälligkeiten, die das Herz berauschen und dem sinnenden Gemüte wohlgefällig sind, so dass es sich darob in Lobgesängen und Verehrungen ergeht. Was willst du mehr als ob dem so harmonisch wohlgestaltetem gelebt und glücklich sein in deiner Vielfalt von Empfindungen und Meditationen. Wirst du deine Schätze stets auch wohlbehüten, frage Ich, und wie Ich hoffe nicht umsonst, weil Ich bestrebt bin Katastrophen zu vermeiden und in allem Schönheit und Gediegenheit zu generieren.

Meine Stärke ist es, alles schwächliche mit Püffen und Impulsen aufzuladen und damit auf eine neue Ebene des sinnvollen Agierens zu befördern. Alles ist Mir recht, um auch für dich das Rechte und Gerechte massenweis zu generieren, um dir eine Auswahl ersten Ranges darzubieten. Du musst dich nur bewegen, damit das Gottgewollte und Vorzügliche entsteht, wonach Ich deinem wohlgelungenen Benimm auch reichliche Belohnung und Begütigung verleihe.

Auch du sollst endlich in der Seligkeit des Allerhöchsten deine Ruhe finden und von seinen Benedeiungen voll Wonne zehren.

3.15

Die Kunst und Gunst zu schweigen und zu sein sei auch für dich die unverwüstliche und tröstliche Alternative, in deren Bann du dich allwie ein Fürst erfühlen und beglücken kannst in der Rundsicht hochgeschossener

Etagen. Du verschaffst dir Geltung und Verehrung über alle Massen und verzauberst alles, was du anrührst, in ein Fest der Wohlgefälligkeit, Glaubwürdigkeit sowie der seinsharmonischen Bewusstheit in den Geistessphären.

Betrachte Ich die Ganzheit der vor Mir versammelten Gemüter ist zu konstatieren, dass gar manche redlich sind und unbescholten aber noch zu wenig kühn in ihrem forschenden Agieren. Sie trauen sich nicht weit genug hinaus in neue Seinsgebiete, um dort die neu erstandenen Gefühle rigoros zu testen und sich an ihnen zu erbauen oder zu entsetzen in der Vielfalt ihrer Züge. Du kannst nur dadurch meisterlich und überragend werden, dass du dich mit voller Kraft in Abenteuer wirfst die andere geflissentlich vermeiden. Erst in diesen lernst du deinen Standpunkt bis zum Äussersten erfolgreich zu vertreten. Zu solchen Kapriolen Bin Ich stets bereit dich zu begleiten und zu animieren, weil Ich dir damit Erfolg und Seelenruhe garantieren kann.

Das Zusammengehn mit Mir beginnt dich mehr und mehr davon zu überzeugen, dass im Grund genommen alles so verläuft wie du es willst in weisem dich mit höheren Gewalten zu verbinden. Grandioses resultiert aus dem was du in dieser Weise angerissen und vollbracht hast, um aller Welt zu zeigen wozu du fähig bist im Seinsverbund mit wachen, aufmerksamen Augen.

3.16

Mir ist`s erfreulich zu gewahren, was für Lebensdinge ganz in *Meinem* Sinne abgehandelt werden. Das schafft Vertrauen und gewährt Erfolg auf allen Ebenen des Seins, auf denen Ich Mich bestens etabliert und ausgebreitet habe. Was nützt es dir, wenn du in einem kapitalen Irrtum durch dein Leben zottelst, wie ein Brummbär, der von sich nichts weiss als mit der Tatze Feinde zu verjagen und den Frass zu schnappen, der ihm vor`s Gebiss gerät.

Tragisch ist es , dass du dich von Mir getrennt empfindest und dich damit von der Quelle abgeschnitten wähnst, die dich ernährt nach ewigen Gesetzen, denen sich das Leben an sich unterzieht. Alles, was dem wahren Sein zuwiderläuft, verlottert und verstrickt sich in ein Meer von Unbekömmlichkeiten, die ihm seine Lebensart versauern und verleiden mögen.

Es ist für dich nicht nötig unter dieser Fuchtel stillzustehn, derweil Ich nach wie vor dein innigster Vertrauter Bin und die unendlich liebevolle Zierde deines Wesens. An dieser Form und Formel lässt sich niemals rütteln, weil das Ganze, das Ich mit dir und mit den Myriaden bilde, unzertrennlich ist und weder Gnade noch Verzeihung finden muss, um es auch immerfort zu bleiben.

So pflege denn mit Mir gerechten Umgang und mit all den Meinen, die der Ehrlichkeit, dem guten Willen, der Wohlgesinntheit wie der Grazie des Himmels zugeordnet sind. Du brauchst dich ihrer wahrlich nicht zu schämen und noch viel weniger steht es dir an, dich vor Mir klein zu halten in der Wohlgestimmtheit deiner Situation. Du bist wie alle ernsthaft dazu aufgerufen, eine Note in der grossen Fuge darzustellen, die Ich vor deiner Welt und Wirtschaft angesponnen und perfekt verwirklicht habe. Sie zu spielen sei dein Werk und Wille und sie zur Vollendung und Verherrlichung zu bringen deine Grosstat in den Wirbeln deiner Zeiten wie in der Gelassenheit des seinsgerechten In-dir-Ruhns.

3.17

Grosse Dinge zu verkünden tret Ich an und lasse niemand unbehelligt mit der Ansicht, dass Ich Bin und dass du B ist im Göttlichen verankert unfehlbar. Das zu wissen und zu prüfen wandelst du wie aus dem Nichts hervor und durchwanderst frohgemut ein ganzes Leben und wohl noch viel mehr. Du stössest dich am Weltgestein das seit Urzeiten deinem Weg obliegt und das Ich ungeniert benennen möchte mit: Zackigen Widerständen gegenüber deinem Tun, Vermutungen, Missbilligung, Verrat und Tücke, Krankheit, Siechtum, potentiertes Ungemach und Tod. Dem zuwider setze Ich jedwelches neue Leben, jeden Hauch der Güte, den du glückerfüllt erfährst und mählich die Gewissheit, dass du unaufhörlich dem Unendlichen entgegengehst, um dort die wunderbarsten Segnungen aus Meiner Hand und Meinem Herzen zu empfangen.

So ist es und so wird es auch für dich zu ewigem Werden, Sein und Glauben. Dein Leben kann nichts anderes bedeuten als Aufstieg, Wandel, Hoffnung, Herzensgüte und Vertrauen in das Unermessliche das sich der Weltengeist zur Selbstbestätigung und zur globalen Einsicht in sein Wesens Mustergültigkeit erschuf.

Bist du bereit mit Mir gewissenhaften Umgang und vertrauensvolle Partnerschaft zu pflegen, kann Ich dir versichern, dass du offne Türen, Herzen, Ohren, Augen und Gemüter antriffst, deren Charme dir liebevoll erzählt von dem was sie bewegt, und das Ich Bin, von allen tief erfahren und von keinem je gesehn. Ermanne dich Mir gut zu sein in jeden Wesens Überfluss und Not und stärke deinen Willen, der dich immer inniger mit Mir vereinen soll zur Liebe und zum Glück in friedevollen Meditationen.

3.18

Eroberer des Besten was es gibt und jemals geben kann sollst du Mir werden ohne dass du je bedenkst weshalb, wozu und aus welch triftigem Begründen. Und eben das Bin Ich, das Weltenwesen, ohne Wenn und Aber sowie mit dem herzinnigen Begründen, dass es *ist* und ewig seinsglückselig war. Was dir nottut ist exakt zu definieren was für dich als Daseinsgrund in Frage kommt, der so viel Aufwand bringt, Klamauk und vielerfahrenes Erröten. Da steht dir bald die Mühe ins

Gesicht geschrieben etwas zu erklären was du gar nicht wissen kannst und was Ich selber nur am Rand berühren will mit zögernder Gebärde. Ich wollte schaffen und gestalten, Meiner Fantasie gestatten sich im Fluge zu entfalten, um dabei in allen Winden siegreich vorzugehn.

Weit herum ist Mir das auch perfekt gelungen, doch in den Sektoren menschliches Gemüt und toleranter Wille gibt es noch sehr viel zu tun und zu verbessern, bis die Stimmung von zufriedner Übereinkunft sich ergeben hat und von einhellig positivem miteinander Walten.

Einmal angestossen muss nun alles notgedrungen einem fabelhaften Ende zugeführt und zugerichtet werden. Das zu vollbringen übersteigt die Wirkkraft ganzer Völkerscharen und so muss sich die Einsich etablieren, dass da Schöpferkräfte mit im Spiel sein müssen, die befugt und fähig sind, der Ordnung und Vernunft, der guten Sitte, Toleranz und Wohlbedachtheit eine Stätte zu bereiten. Wer da *schuf* ist fähig, all dieses voll Elan hervorzubringen um schliesslich mit der Welt und in ihr als Vollender und Begnader zu brillieren. Mögen auch gewaltige Gewitter niedersausen, so sind sie dazu da den Boden zu bewässern und, in geistigen Bezügen, Nahrung für Verbesserungen und Entscheidungen zu bieten. Nichts Vortreffliches kommt ohne Einsatz und markantes Risiko zustande, und das zu wissen macht das Ganze sinnvoll, licht und morgen
schön.

3.19

Jede Kleinigkeit die Ich direkt von dir erhalte provoziert ein Freudenfest vor Meinen Toren, weil nur wenige es schaffen vollbewusst mit Mir Kontakt zu haben. Dein Bewusstsein aber ist der Massstab mit dem Ich die Verbindung messe, die du mit Mir pflegst. Sie kann sehr oberflächlich sein, wie bei den Meisten, dennoch gibt es einige, die sich so sehr mit Mir und Meiner Geistesgegenwart befreundet haben, dass Einheit zwischen ihnen und Mir herrscht in wunderbar geselligem Erlaben. Das mag vor der Welt grotesk erscheinen, ist es aber keinenfalls für intime Kenner der bewundernswerten Situation. Mit dem Göttlichen Identität erlangen ist ein Vorgang erster Güte, der zutiefst beglückend ist und überzeugend in der Wohlgefälligkeit und Schönheit die er offenbart. Still ist es um den geworden, der da *ist* und dessen Regungen sich leis erheben ob dem Atem der Glückseligkeit der ihn bewegt. Endlich ist die Stunde reiner Wahrheit angebrochen, deren Glanz und Glamour der erfahren darf, der ohne jeden Vorbehalt und mit unendlicher Begeisterung in ihren Wohllaut eingetreten. Das Nimmersatte ist gestillt und das Ersehnte vollends in die Näh gekommen, währenddem der Friede durch die makellos gewordne Seele zieht. Von Aufbruch keine Rede, nur von gottbegnadetem Verweilen in der Seinsgeborgenheit die dem Holdseligen beschieden. Wo die Einheit waltet, wird ein jede Geste zum begeisternden Gebet und wo die Wesen sich im Innersten begreifen weitet sich der Sinn der Liebe, Weisheit, Lauterkeit und seelenvollen Harmonie entgegen.

3.20

Mandelbläume blühn am Wege den du, in Gedanken tief versunken, gehst, um dir Klarheit über dich und deine Weltgewandtheit zu verschaffen. Solltest du dich mehr den Weltlichen oder stärker geistigen Belangen weihen in der kargen Zeit, die dir noch zur Verfügung stehn? Das herauszufinden ist ein aussichtsloses Unterfangen, weil dein klüglicher Verstand nicht fähig ist, per se sich über seine noch so brillanten Fähigkeiten zu erheben. Das bringt dich zu der Überzeugung, dass im geschaffnen Weltenkosmos Geisteskräfte walten von überragender Gestaltungskraft, Bewusstheit und genialer Schöpferfantasie. Du magst es drehen wie du willst, sie *sind* und sind dir haushoch überlegen als die Herren in des Universums geistiger wie irdischer Natur.

Derweil du dich im Doppelreich verhedderst und verbaust Bin Ich das eine, reine Sein, gespickt mit einer ungeheuren Fülle von verehrenswerten Qualitäten auch in dir. Mein dezidierter Wille ist es, dich darüber aufzuklären, wessen Vaters Kind du bist und welcher Charme und welche Chancen darin liegen, dass du dich als Gottessohn erkennst in deinem Dasein und allmenschlichen Revier. Du bist dazu berufen deine Ansicht von dir selbst bewusstseinskräftig, seelenvoll und ungeniert bis ins Unendliche zu weiten, um dich im gottgesegneten Allhier bewusst und heiter, unvergänglich und mit Mir vereint zu sehn. Das ist dann die höchste Blüte deiner Zeiten und verschafft dir die Gelegenheit als Geist vom Geist in Würde und Gerechtigkeit zu amten und zu sein und ewige Beschaulichkeit zu pflegen. Dein Daseinsritual wird stets das Meine sein und du wirst dich mit unnachahmlicher Geschmeidigkeit als Mich erleben. Die Fülle alles Guten hüllt dich ein und deine Dankbarkeit ist Legion über so viel selbstverständlich aufgemachte Gaben. Voll Glück und Wonne Bist du und erkennst dich als in allem was da *ist* voll Grazie, Natürlichkeit und seelenvoller Harmonie.

3.21

Momentanes ist bei Mir verpönt, Ich will stets Ewiges und Unverwüstliches am Bändel halten. Gerade das ist es, was du nur schwerlich schaffst und deshalb macht es dir so sehr zu schaffen. Zwar verfolgt es dich auf Schritt und Tritt, um dich von seiner Gegenwart zu überzeugen, doch du gewahrst nicht seinen Ritt und lässt den Aufstieg lässig bleiben. Was Ich meine ist: Du solltest deine Kenntnis von der Geistwelt unbedingt erweitern, um dich selbst zu motivieren, mehr und mehr in ihrem sagenhaften Sinne zu agieren. Im Grund genommen kostet es dich keinen Cent darüber nachzudenken was du

Bist und was dich dazu antreibt so und so und wieder völlig andersartig aufzutreten. Gehst du nicht aus dir heraus, halte Ich dich dazu an, deine Werte an den Zins zu legen, der vom Himmel zu dir fliesst, um dich zu bereichern und um dich mit seiner silberhellen Grazie zu versehn. Deine Gangart wird geschmeidiger und deine Ansicht von dir selbst belebt sich ob dem Zuspruch den Ich dir gewähre. Was redlich und solvent ist ziehst du immer resoluter an und hast mählich das Gefühl, dass du gesegnet und geführt bist von den wunderbar begütigenden Geisteshöhn. Das Unsichtbare wird dir offenbar in einem wohldurchdachten und gesitteten Agieren, dem du dich noch so gern verpflichtest um von allem Lebenstang, Getingel und Geschnalze endlich und unendlich frei zu werden. Mein Einfluss ist es, dem du deine Seelensicherheit und Seligkeit verdankst in wunderbar gesättigten und heiter aufgemachten Tagen. In ihnen bist du was es für dich gilt zu sein und wovon du zehren darfst zu deinem namenlosen Glück in wunderbar beseligenden, sonnigen und wohlgemuten Tagen.

3.22

Bekanntschaft sollst du nicht mit jedem ersten besten anzuzetteln suchen, denn es ist ein ungeschriebenes Gesetz, dass sich nur Gleich zu Gleich gesellen soll, um sich gegenseitig zu befruchten bis zur vollen Einheit in den Geisteszügen. Das geschieht ganz explizit in Meiner Hemisphäre der gottseligen Genügsamkeit am Leben, die dir alles bietet wessen du bedarfst. Das geschieht im Sinne der Unendlichkeit in der du dich seit eh und je befindest ohne dass sich das Bewusstsein von dir selber je verjährt. Das kann dich recht betroffen machen, wenn du die Lebensqualität von hinter dir nach vorne projektierst mit den entsprechenden Bedürfnissen und penetranten Plagen. Dazu ist von Meiner Seite zu bemerken, dass das Weltenleben im Gesamten wie im

Einzelnen in einer ellenlangen Evolution begriffen ist, die Selbstbewusstsein, Seinsbewusstheit und bewundernswertes Freisein zeitigt von jedwelchen Nöten. Du erfährst dich als ein Wesen von enormer Schöpferkraft und von einem Geistpotential das leichthin alles überwindet was behindern will und das in nie versiegender Dynamik neue Werte zeitigt in begeisterndem Gelingen. Deine Sitten sind dann haargenau den Meinen adäquat geworden, dein Befinden wird Gottseligkeit genannt und deine Züge sind vom reinen Lichte kaum zu unterscheiden. Was das Zeitliche betrifft kannst du das so Gewünschte schon recht bald und blühend intus haben, wenn du nur vollendetes Vertrauen in Mich setzest, den Erhabenen und Seinsverklärten, dessen Antlitz Licht und Freude strahlt und der in selbstverständlicher Manier den Nimbus nährt von Fabelhaftigkeit und permanentem Frieden. Ich reiche dir die Hand zu dem was du wie nichts begehrst und dir die Wange überstreichelt dich subtile Zärtlichkeit zu lehren. Gentilezza, Liebenswürdigkeit und Grazie des Himmels werden dich von Mir umfangen und dir alleweil zur reinen Wonne, Redlichkeit, Glückseligkeit und Makellosigkeit gereichen.

3.23

Das Wählerische wird sich auch bei dir allmählich in dem Einen, das Ich Bin, verlieren. Du findest alles, wessen du bedarfst, in Meinem Mich-Begründen und wirst Anteil haben an der Geistsubstanz von unendlichem Genügen. Wirf dir niemals vor, du hättest nicht die Fähigkeit so weit hinaufzusteigen, dass du Mich berühren kannst in Meinem wunderbar zurückgezogenen Revier. Du brauchst nur deinem Dasein gegenüber deine Haltung radikal zu ändern und schon hast du den ersten eminenten Schritt getan Meiner Gleichung und Gewinnung gegenüber. Was hier zur Debatte steht ist die Einsicht in dein Wesens Resümee von Ängsten und Verwerfungen, sowie die Aussicht auf den Gang durch Meine Gärten geistiger Natur, die dir feierlichen Frieden, Seinsnatürlichkeit und Grazie Elysiens bescheren.

Sowie du dich in diesem Sinn begriffen hast, hast du auch Mich begriffen der Ich offensichtlich deine Züge und Zerstreuungen, Zugeständnisse, Zertifikate und Bezüge angenommen habe. Schickst du dich mächtig an abgrundtief in dich hineinzugraben wirst du ohne jeden Zweifel auf Mich stossen, der von A bis Z durch alle Welten, Weiten, Fraktionen und Gemeinsamkeiten zirkuliert. Dein Stöhnen ob dem Einsamsein verstummt und tritt in ein konstantes Jubilieren ob der Formel eins, die dich derzeit und in alle Ewigkeit beseelt. Du bist wie nichts im Nimbus der Gottseligkeit geborgen, sowie du die Allgegenwart erspürt hast die Mein Ein und Alles ist in unverbrüchlicher Gelassenheit und Harmonie, in seinsgeschwisterlicher Anteilnahme am Geschick der vielen, wie im Einssein mit Mir selbst in der durchlichteten Bewusstheit der gottselig, gläubig und im Innersten beglückt Gewordenen.

3.24

Auf du und du mit dir zu reden ist Mein grösstes Glück, weil damit die Verbundenheit und Seinsverwandtschaft ihren besten Ausdruck findet, der uns seit eh und je zutiefst beseelt. Ich mache Mir nichts vor, wenn Ich bedenke wie anspruchsvoll das Leben in den hiesigen Verhältnissen geworden ist in denen alles auf die Spitze und den Punkt getrieben wird, der kaum noch überboten werden kann. Damit bleibt vieles stur und starr am Status hängen, was noch mancher Besserung bedürfte insbesondere auch bei dir. So Bin Ich denn bestrebt das Festgefahrne aufzuweichen und dem Sturen eine so markante Lehre zu erteilen, dass es sich sans Pardon wandeln muss, dem Besseren und Adäquateren entgegen.

Du kannst ja nicht im Ernste glauben, dass die Welt in ihrem jetzigen Befund dem Ideal entspricht, zu dem Ich sie mit unermesslichem Gedulden führen will in wunderbarerweis emporgehobenen Spiralen. Ich habe alle Zeit, derweil dir stets zu wenig zur Verfügung steht in deinen überrissnen Ambitionen. Es würde dir wohl anstehn, vor allem in den anspruchsvollen Fällen, Mich um Hilfe anzuflehn, damit diese von berufner Seite angegangen und im Nu gelöst sind, deinen vielgewohnten Gunsten zu.

Es gibt ein Sprichwort das da lautet: Mein ist dein in höheren Bezügen. Das bedeutet, dass du dich im Geist in Meine Region hinaufbegeben sollst, um hier das langersehnte Fluidum der Seinswahrhaftigkeit und sinngeladenen Verbundenheit mit Mir und Meinem götterlichten Anhang zu erleben. Das wird dich von aller Tücke und Gefährdung bis zur Makellosigkeit befreien und dich wie mit einem Diadem vor Meinen Götteraugen glänzen lassen. Du siehst ein was du gefehlt und lässt dich in den Regionen unbedingter Redlichkeit und Menschenwürde nieder, die damit zu Meiner, hocherhabenen, geworden sind.

4

Wer ist bereit, sich über deinen Weg zu trauen

4.1

In glasklaren Worten sollst du die Geschichte Meines Seins und Reüssierens freudevoll vernehmen. Im Prinzip dieselben sind es, die Ich beim Beginn der Neuzeit für dich formuliert und ausgesprochen habe. Sie wollen dir die Wege zeigen zu den Höhn, in denen Ich Mich fühlen lassen will. Sie wollen dich beglücken durch die Art und Weise wie sie auf dich wirken und damit den Vorzug des wahrhaftigen Lebens offenlegen.

Es ist die Lehre von dem „Sein an sich" die Ich in Würde und Gelassenheit durch die Jahrtausende verkünde und mit kluger Wohlgefälligkeit begreifbar machen will. An dir ist es dich einzufühlen in den Wohllaut ihrer Tiefen und dann so zu handeln, dass sie durch dich lebendig werden deinem Mensch- und Weltensein zu Ehren.

Lässest du dein Grünzeug unbesorgt im Garten liegen, vermodert es und lässt ihn ungepflegt erscheinen. So den Garten deiner Seele kann Ich schlecht ertragen, wenn sich in ihm Groll und Habsucht, Lieblosigkeit und Kummer angesammelt haben. Da gilt es stets und wacker aufzuräumen mit dem Mittel der Empfindsamkeit für Ungehöriges, damit du dann an seiner Stelle Mitgefühl, Anständigkeit und wache Überlegtheit setzen kannst. Deine Kondition misst sich an dem was du ihr eingibst an Gedanken und Gefühlen des verschiedensten Kalibers. Besonnenheit und Übersicht tut not in jedem Fall der dich ergreift und dich zum Handeln zwingt auf diese oder jene Weise. Immer ist es deine ganz private Sache wie du reagieren willst und dabei ist es immer besser voll im positiven Sinne zu agieren, statt den Fehlern hinterher zu rennen, die dir aus Versehen unterlaufen sind.

Immer geht es auch bei dir um Übersicht und Stil. Du lernst allmählich auf Mein Wort und Meinen Ratschlag besser hinzuhören um sie zu verwirklichen und um damit deinem Leben einen Drive von wunderbarer Grazie, Besonnenheit und Liebefähigkeit hinzuzufügen.

4.2

Konversation zu pflegen ist nicht schwierig in der Welt der unbedachten Worte und Behauptungen von des Verführers Gnaden. Hingegen ist mit Mir zu reden anspruchsvoll wie nichts und erfordert Wachheit, Hingegebenheit und Daseinsliebe über alle Massen. Auch du stellst dich recht ungeschickt und lieblos an, wo es doch darum ginge nett mit Mir zu sein und artig bittend deine Hände zu Mir zu erheben. Dein Selbstgefühl geht in die Irre, wenn es versucht mit Forderungen Resultate zu erzielen. Nur liebevollen Wünschen schenke Ich Gehör und lasse Mich herbei sie auch gehörig zu erfüllen. Mit der Kraft des guten Glaubens können dir Gestaltungen gelingen, nach denen viele andere vergebens schielten. „Wende dich Mir zu, sei ehrlich und devot", ist die bezaubernde Parole, die auch dir in grandiosen Schritten weiterhelfen kann.

Zu deiner wahren Grösse wachse du empor und verschmähe nicht auch kniend vor Mir aufzutreten. Erwandere dir Punkt um Punkt von denen sich dir eine Aussicht bietet von beseelter Sagenhaftigkeit und seinsbegeisternder Allüre. Du fliegst den Dingen förmlich zu, die dich in ihren Kreisen zu erheblichem Gewinn an Qualität und Menschenwürde stilisieren. Bald wird es dann auch Gotteswürde sein die du erreichst indem du Mich in dir erkennst und damit Meinem Stil gemäss agieren kannst in fürstenprächtiger Manier.

Zu meisterlichen Taten bist du von Mir aufgerufen die Mein Idealbild von der Welt hervorzustellen und vollenden suchen. So muss und wird es sein und so gelingt dir das Ersehnte mit Bravour und mit den überirdischen Ressourcen, die Ich dir noch so gerne und à discrétion zur glückseligmachenden Verfügung stelle. So wie du dich anstellst kann auch Ich zur Stelle sein und wie du dir's ersehnst ist es in Mir genau dasselbe Sehnen.

4.3

Holdseligkeit und Harmonie gehen von Mir aus in alle Welten und werden ohne jeden Zweifel auch dein Herz und deine Wesenswelt erreichen. Die Motive für Mein Handeln sind geprägt von Meiner mütterlich besorgten Seinsnatur, die Mich dazu anhält, allen Wesen wohlgesinnt zu sein und auf's Innigste verbunden.

Ich brauche Mich vor denen die durch Mich geworden sind nicht im Geringsten zu genieren, weil Ich sie von allem Anfang an auf's Wohlgefälligste begleitet und geleitet habe. Somit ist es Mir per se daran gelegen, ihrem Gang durch ungezählte Inkarnationen den Standard des beglückenden Erfolges zu verleihen, dessen Wohllaut Seinsvertrauen schafft, beseligende Weltbewusstheit und makellosen Herzensfrieden.

Wie kommt es, dass im Menschenweltlichen in aller Regel Hilfsbereitschaft, Freundlichkeit und Achtung herrschen? Weil die Mitte aller Menschenwesen Mir, dem Einen, zugewendet und verpflichtet ist in der Einheit aller Lebensdinge, Seinsgegebenheiten und Gewalten. Ich verbinde alles, was da *ist,* mit Meiner selbstverständlichen Begabung gut zu sein, menschenfreundlich und erhaben.

Im Zweifel setze Mich an deine Stelle und schon sind die Forderungen, die von Mir an dich ergangen sind, in bester Weise als erledigt zu betrachten. Mir hat es nie geschadet, wenn Ich tapfer zugegriffen und geschuftet habe, ohne im geringsten Mich zu schonen. Dasselbe soll mit dir geschehn, was den Willen stählt und zu den besten Werken zählt die du vollbringen kannst vor Meinen seelenvollen Augen. Lass es dir angelegen sein, das Mass an Wohlverhalten tunlichst mit dem Meinem zu vergleichen und darauf bedacht zu sein ihm denselben Glanz, dieselbe Effizient und Sinngebärde zu verleihen. Das macht Mich vor den eignen Augen vielgewandt und schön und kann in aller Form und Fülle zur ersehnten Kunst des Lebens wie der gottseligen Geschwisterschaft mit Mir gerechnet werden. Was dir geschieht geschieht auch Mir und was du erntest fällt in hochbeglückender Manier auch Meinen Scheunen zu.

4.4

Was dir Heimat ist, ist längestens auch Mein Schongebiet und Meiner Wohlbewusstheit strahlendes Statut gewesen. In dir selber heimisch sein ist das Ausgezeichnetste was du erreichen kannst in deines Lebens Strudeln, Buddeln und dich als hochbegabt für evolutionentüchtiges Gebaren zu erweisen. Ich werfe allweit auf – und alles fällt Mir wieder in den Schoss, um Myriaden tüchtige Erfahrungen bereichert und mit dem Kranze der Gottseligkeit umwunden. Unweigerlich bist du ins ganze Meines Tuns und Lassens integriert, in das Ich so viel Energie, Ausdauer und Gekonntheit investiert und eingezogen habe. Aus diesem Grunde wirfst auch du, und bist geworfen, in der Majestät des Seinsbegriffs wie der Entschiedenheit der seinsbegriffenen Taten. Denn ohnehin folgt ihnen das Erkennen dessen, was du Bist in Meinem kosmischen Labor sowie das Reagieren auf die Flut der strahlenden Impulse die Ich den Allweiten pausenlos vergebe. Fühlst du dich von ihnen motiviert? Erwärmst du dich für das was Ich mit voller Glut schon seit Äonen vehement vertrete?

Es darf nicht sein, dass du deines Denkens Kostbarkeit an Pingeliges hängst und es damit verschwendest, statt damit dem Grandiosen deine Referenz und hocherhobne Achtung zu erweisen. Was Ich so liebe ist die Inbrunst derer die sich ohne Unterlass auf Mich beziehn und Meine stete Geistesgegenwart zu schätzen wissen. Sie sind Meine wahren Freunde und Vertreter Meiner seinsgewissen Publikationen derweil sie eine Pflicht erfüllen die ihnen kaum genug belohnt und angerechnet werden kann. Seinspflichtig bist auch du, und schaffst du es vor Meinem Angesicht ins strahlend helle Sonnensein zu steigen kann Ich dir unendlich reine, unbeschwerte und unendliche Glückseligkeit bescheren.

4.5

Natürlichkeit und Sitte führen dich in jedem Fall hinauf in die Beständigkeit, Anständigkeit und Harmonie der Himmelssphären. Es kommen jene Werte wunderbar zur Geltung, die Ich einst in dich gelegt und denen du vertrauen kannst ein Lebelang in deinen mannigfachen Nöten. Treppauf, Treppab mag dein Dich-selbst-Entfalten führen, doch die Richtung hin zu Mir wird beibehalten aus dem Grunde, weil sich alles Seinslebendige in Mir und keinem andern abspielt, selbstverständlich und gediegen. Selbstverirrungen sind ohne weiteres auf Meinem Konto einzubuchen. Sie belegen den enormen Lernprozess, dem Ich Mich in der Tat zu unterziehen habe auf der Fahrt durch den Versuch, die Mängel und die Korrektur.

Nichts ist verloren was Ich je inauguriert und wohlbedacht auf Trab gehalten habe. Allem wohnt Erkenntnis inne der sublimen Art die Verbesserungen hochkarätigen Befunds bewirkt in Meinem wundervollen Namen. Von Mir klingt dir das Wesentliche, Glückverheissende konstant ins hingeneigte Ohr und lässt dich freudiger und hochgespannter Atmen. Mir mangelt nichts, darfst du dir freudig Stund und Stunde wiederholen, was dir den Tag versüsst und womit du dich der Seinselite näherst zu der du dich mit Meiner Hilfe hochgehoben.

Was du je erdacht, erwandert und erreicht hast muss per se auch Mich betreffen weil, was *ist*, nicht aus der Rolle fallen kann, die Ich in ihm voll Anteilnahme spiele. Was denn immer gut ist kommt von Mir und lässt die Fahnen der Begeisterung im Winde flattern, derweil sie noch mit deiner Wohlerzogenheit flattieren. Kannst du da denn burschikos beseite stehn? Nie und nimmer will Ich sagen, weil die Sagenhaftigkeit von Meinem Deuteln dominiert und alles in die wonnevollen Bahnen lenkt, die Ich dem Universensein beschieden.

4.6

Das Seinskonstante ist so angelegt, dass es mählich auch in dir zur vollen Geltung kommen muss in wildbewegten Zeiten. Du strampelst noch in währschaft aufgetragnen Illusionen, derweil Ich ewiger Ruhe pflege auf der sichern Seite im Allhier. Nichts soll unter deiner Würde sein, was Ich dir so bedeute, denn einen Würdigeren wirst du nimmer finden, wohin du dich auch dehnst in deinem seelenvollen Seinsverlangen. Wie immer sich die Lebensdinge arrangieren, Ich mischle mit und lasse kein Projekt aus Meinem vollbewussten Blick entschwinden. Das soll auch dir zupass sein und genauestens gelingen, damit die Prophetie erfüllt ist von dem sagenhaften Einig- und Bewusstsein zwischen dir und Mir.

Konfrontationen lassen sich zwar kaum vermeiden, doch die grandiose Lebenslinie bleibt gewahrt in der Verwirklichung, die Ich Mir hinter's Ohr geschrieben. Säumigen will Ich bedenkenlos und sicher auf die Beine helfen, selbst wenn sie noch so kurz sind im gottseligen Vergleichen. Für dich ist es noch schwierig anzunehmen, dass eine Sphäre zauberhaften Daseins existiert, in der Ich Mich, wie jedermann, auf's Wohlgelungenste im Sein erfühle. Gerade das jedoch ist dein unendlich Los, zu finden was du sehnlich suchst, um es dann nimmer zu verlieren in der Gestilltheit makellosen Wonneseins in die Ich dich und damit Mich in universenlangen Schritten führe.

Kannst du ermessen welche Freude herrscht in Meinen Situationen wenn auch nur einer wieder in sie taucht mit muterfülltem Sprung ins Ungewisse Meines Gegenwärtigseins für ihn. Mir ist Mein Sein noch niemals rätselhaft gewesen. Ich handle ihm gemäss als einer der da kommt und kommt die ewige Meisterschaft zu pflegen. Ich entfalte Mich aus Meiner eigenen Substanz zu unermessnen Kombinationen und unterhalte und verwalte sie in glückerfüllender Manier.

4.7

Das Burschikose soll dir mählich aus dem Blickfeld schwinden, damit dein Selbstbewusstsein wachsen kann in ungeahnte Höhenzüge. Mein ist dein, das will bedeuten, dass mit deinem Geiste Meiner sich veröffentlicht und somit alles, was du unternimmst als Meine Aktion betrachtet werden muss. Dies Erkennen hat zur Folge, dass die Menschen sich in aller Form als Götterseelen und als Exponenten ihrer Lebens-leidenschaft und Ehre zu betrachten haben. Da gibt es keine Frage: Willst du oder willst du nicht? Du hast jedem menschlich Dargestellten gegenüber - einer Gottheit in Persona Referenz und Achtung zu entbieten. Dein Bruder, deine Schwester, jeder Mensch ist das und in dieser Perspektive wirst du dich selbstverständlich hüten, auch nur einem von den Myriaden das geringste Leid und Übel anzutun.

Alles was zu dir und deiner Seele aus dem Menschenvolke spricht in deinem Leben ist Mein Wort das dich ermahnen und und erheitern, gefügig machen oder dir Glückseligkeit bescheren will. Ich trage dir auf diese seinssubtile Weise Meine Gottesfreundschaft an und erhebe dich damit an Meine grüne Seite, die von Weisheit sprudelt und dir ins Gewissen redet von der Grazie des Himmels, die dich durch und durch begütet und belebt.

So einfach ist die Lehre der gottseligen Wahrhaftigkeit die allgemeinen Frieden postuliert und sich dem Heuchlerischen widersetzt das noch in vielen Herzen wuchert und bestimmend ist für ihr Gehaben. In Mir hingegen herrscht Gestilltheit wie zum Aufbruch zu den Sternen, deren Vater Ich Mich nenne und deren geistgesegnete Bewohner mit dir eins sind in der Weltenbruderschaft die alle die da *sind* beseelt. Bejahe

was dich so erwartet und erfüllt und ehre deinen Nächsten
so zum Frieden und zur Harmonie, zur Seligkeit und
Herzensgüte wie du Mich verehrst

4.8

Rasant und seinsgerecht sollst du in Meinem Sinne deiner
Wege gehn und weder Rast noch Ruhe finden, bis du dich
in deinem Denken, Mitgefühl und Tun mit Mir vereint
hast in beglückender Manier. Wohlbehalten darfst du
dich in deiner eignen Form und Fülle fühlen, derweil die
leidenschaftlichen Gemüter um dich her beständig
Ängstlichkeit und Forschheit pflegen. Das Spiel der
Weltenkräfte mutet dich wie ein entropisches Gewitter
an, in welchem viel zerbrochen und verschleudert wird,
derweil du selbst im Wind Geschmeidigkeit erprobst und
elegantes Dich-in-den-Posaunenstössen-Wiegen.
  Deines Daseins-Mustergültigkeit wird von vielen gern
zum Anlass für Verbesserungen und Befriedungen
genommen. Dein Standard, ruhig und gelassen auf die
ärgsten Ärgernisse und Verpuffungen zu reagieren,
kreiert erhebliches Erstaunen und weitet viele Augen, die
sich dein Verhalten mit Bewunderung besehn. Das ist nur
möglich, weil die Einsicht in dein Wesen Meines
offenbart und auf's Intimste gutgeheissen hat in seinem
Über-sich-Verfügen. Du siehst den Zauber in dem Wort:
Ich lasse Mich nicht gehn, und trägst die Bitte zu den
Sternen, dass sich alle, alle ändern sollen einer besseren
Beherrschung, Gläubigkeit und Zuversichtlichkeit
entgegen. Du beweisest dir die Form in die Ich dich
hineinmanövriert und eingebunden habe. Es ist die Art
und Weise wie sich Götterherrliche benehmen und wie
die grossen Unbekannten ihres Daseins-Qualitäten auf's
Beglückendste und Wohlgesitteste zu arrangieren
wissen. Geselle dich zu ihnen und du bis im Nu ein
Ausgezeichneter in Meines Namens Duktus und Befehl
und darfst dich ungeniert im Wesen deiner Künste von

der Umwelt mit nie endendem, begeistertem und himmelhoch erhobnen Beifall feiern lassen.

4.9

Was immer dich herzinnig tröstet wird von Meiner Seite stets befördert und begeistert gutgeheissen, denn es ist ein Quäntchen von dem was die Menschheit aufstellt und ihr jenen Charme verleiht, den Ich Mir seit eh und je vertraut und vorgehalten habe. Der Wesensgrund der Welt, der Ich Mir Bin, ist immer rein und unberührt von aller Schöpfungsdinglichkeit geblieben. Darauf kann Ich bauen was Ich immer will, es tendiert danach vom Unvollendeten ins Makellose, Wohlgeordnete und Liebenswerte vorzustossen.

Dies Grundprinzip des Seins und Lebens ist in dich, sowie in alle Generationen vor und neben dir tiefinnig eingeschrieben, so dass es sich verwerten und verwirklichen, entfalten und vollenden muss in Meiner Seinsbeständigkeit, Universenweisheit und genialen Schöpferfantasie. Es gibt nur eines das mit so viel Qualitäten und bewussten Benediktionen, sonnenklaren Reizen und natürlichen Verzierungen begabt ist, nämlich Mich, den Imperator über alles Welt-und-Geisterland-Geschehn. Das wird dir nächstens aufs Genaueste plausibel werden, wenn du dich daran gewöhnt hast aufmerksam auf das zu sein was *Ich* dir vor und hinter das weitoffene Gemüte lege. Darauf kannst du zählen bis in alle Ewigkeit, denn diese ist vor allem Mein verehrenswürdiges Besitztum, dem du dich noch so gern verbunden und vereint siehst in unendlicher Manier.

Dem Unbedeutenden entsagen um das Wesentliche zu gewinnen ist dein Auftrag in der Gründlichkeit und Turbulenz der anspruchsvollen Erdentage. Wie kann es anders sein als dass das Vielbegabte auch Bedeutendes realisieren will und dass damit ein Anfang und ein Aufstieg von statten gehen muss, wie sie sich eben jetzt mit dir vollziehn. Dass du damit auskommst ist dir, wie auch Mir, ins Herz geschrieben und wird nie ausgelöscht und angetastet werden. Dafür bürge Ich und ob diesem Seinsversprechen darfst du dich schon jetzt im wunderbaren Einigsein mit Meinen Idealen froh und selig, in die Grazie des Himmels eingehüllt und hocherhaben fühlen.

4.10

Momentan läuft alles rund in Meinem wunderbar gesegneten Gemüte, was auch dich berühren und begaben soll mit einer Rundung ohnegleichen. Eine sagenhafte Strecke Lebens ist zurückgelegt, in der die Schwächen und Verführungen, Verunglimpfungen und Behinderungen dominierten. Der Friede ist in's Seelenhaus gezogen und die ruhige Gestilltheit lässt sich nicht mehr aus dem Gleichgewicht bugsieren.

Du redest, schwärmst und bist auf's Beste aufgelegt, will Ich dir sagen. Doch die absolute Seinsbeständigkeit, die Mir zu eigen, ist noch weit entfernt von dir. Indessen darfst du sicher sein, dass Ich dich im beschleunigten Verfahren in Mein Reich der Gottgeselligkeit und Geistesstärke, Liebenswürdigkeit und kapitalen Überlegenheit herüberhole. Eine Festlichkeit besonderer Natur hebt an, um dich gebührend bei Mir zu begrüssen und dir ein seinssymphonisches Geflüster, das du über alles liebst, behende vorzutragen.

Du bist schon jetzt vom Himmel deiner Rechte wesenhaft und mild umschrieben, nur dass du es gewahrst in kurzer Episode oder längelang in einer Fülle von bestätigten Erwartungen und unvergänglichen Sentenzen, die dir Mut und Heldenkraft, Behendigkeit sowie ein wunderbar beseligendes Seinsgefühl vermittelt haben. Du bewahrst das Köstliche in deines Herzens labyrinthner Gängigkeit und weisst dich von Mir wissentlich und weise, seinskonstant und graziös durch sie hindurchgeführt zu deinem überaus gefälligen Behagen.

Was willst du mehr als Mich zu kennen und Meinen würdevollen Namen nennen, der da heisst: Ich Bin das Eine, dem die Universengüte angehört und das im Auf und Nieder seiner götterherrlichen Gedanken und Empfindungen das All regiert um seinen Qualitäten fabelhaften Ausdruck zu verleihen, nicht von hier und doch von hier in der Erlesenheit der Geistessphären.

4.11

Wo die Daseinswonne Seligkeit bewirkt da will auch Ich in guten Treuen leben und Meinem Sein den Sinn unendlicher Genügsamkeit verleihen. Das vollzieht sich auf der Wallfahrt zu den himmlischen Gedankenfunken und Gefühlen, die von der Leichtigkeit des wahren Seins im hocherhabnen Götterparadies erzählen. Gelingt es dir dies nicht als Märchen sondern als gediegne Wirklichkeit und Wonne zu erleben, darfst du dir selber auf die Schulter klopfen, gratulierend und geniessend, dankbar und so maiensüss.

Bist du zum Kapitän der guten Hoffnung und des Equilibriums geworden, werden sich viel sehnsuchtsvolle Geister um dich scharen, um einwenig von dem zu erhalten was dich so bewegt und was dich heiter stimmt bis in die letzten Fasern deiner seienden Konstante im Allhier. Du waltest, doch es walten seelenvolle Geister durch und durch in dir. Du musst sie nur gewähren lassen und ihr Licht nicht trüben mit den Ängsten und Befürchtungen en masse, so wie sie auch in dir nur allzu leicht gedeihen wollen. Hast du alles Mindere im Fluge überwunden, wird dein Sein und Sinnen in der Mitte der Alleinheit in sich selbst bestehn und immerzu der Wohlfahrt und gelösten Freiheit frönen. Dein Sein ist Minne an der Seinsgerechtigkeit geworden und dein lebenstüchtiges Verhalten ehrt das Götterreich in das du im Triumphe eingezogen. Du hast alles überstanden und stehst über aller Wankelmütigkeit in Festtracht da als

Mein Idol und Mein Vollender einer Wesenhaftigkeit voll Glück und Harmonie.

In Liebe geboren, in Liebe vollendet bist du im warmgefühlten Gottesherzen das Ich für dich Bin als Hort und Heimat ewigen Gedeihens wie aus elysischer Natürlichkeit an der du dich erlabst in Meiner wie in deiner überragenden Regie im Schoss der Universenweiten.

4.12

Im Kleinen gross sollst du dich fühlen, im Geringen mächtig von Mir angestossen und ermächtigt grandiose Taten zu vollbringen. Das ist wacker und süss will Ich dir sagen und widerspenstig noch dazu solange du dich sträubst, von Mir das reine Gute anzunehmen. Geduldig gehst du deinen Weg dem Wiesenbord entlang und durch den Weltentag in den du eingeschlossen. Es ist dir nicht gestattet auszubrechen von der Bahn, die du dir selber zugeschrieben hast, bevor du dich in's Weltensein getrautest. Das ist nun geschehn und führt, dich bildend und beängstigend, beglückend und beseligend hinan zur Einheit Meines Führens, Fügens und Die-Welt-bis-ins-Geringste-wundervoll-Verstehn. Bist du auch Mein Abglanz, wirst du immer noch auf's Allerliebens-würdigste erglänzen, wenn Ich dich bescheine und zugleich in dir der Meister aller Meister Bin dem niemand beikommt in der Art wie er sich gibt und an sich selbst wie an der Welt Genüge findet myriadenschwer.

Ich Bin und halte Mich seit aller Zeit in universenweit gebreiteter Bewusstheit wach im reinen Sein und zugleich recht verschlafen in des Weltenseins Erfordernissen und Bewältigungen, Verästelungen und Kalamitäten. Was Ich seit eh und je getrieben und beglaubigt habe Bin Ich selbst bis weit hinab in jedes Detail dem Ich Mich gewidmet und geweiht, zugewendet und auf's Innigste verschrieben habe. So bewegt sich auch dein Sein in schnurgerader Linientreue nach dem Meinen und atmet Genialität, Bewusstheit Meinerseits wie liebevolles Seinsempfinden. Bist du auch noch auf dem Weg befangen, so garantiere Ich dir, aus der Sicht von dem was *Ich* dir Bin, Beförderung und Wohlfahrt, Reüssieren und Beglückung mehr und mehr. Das ist das Mal der Gottesfreundschaft das Ich mit Lichtgewalt auf deine Stirne präge und das dich als erhaben und befestigt, auserlesen und erwählt bezeichnet in der Gilde der Verklärten.

4.13

Ich trage Mich dir an und weiss dabei genau, dass es kein Entrinnen für dich gibt aus dem Zauber deines ewigen Daseins in den Regionen der Unendlichkeit, wie in denen die dich auf dem Erdenrund gefangen halten. Das mag dich recht erschrecken wenn du's klar und deutlich vor dir aufgerichtet siehst. Doch wird es überwunden alsogleich wie dir das Zeitenlose zum Begriff geworden ist, das reine Sein, das sich in makellos gewordener Glückseligkeit in dir verbreitet ohne nach dem Sinngehalt der Zeit zu fragen. Du Bist, derweil Ich reine Freude träufle in dein Wesen, das Ich Bin und das der unnachahmlichen Grandezza angehört, die Ich schon immer fabelhafterweis repräsentiere. In dieser Einheit alles dessen was da *ist* klärt sich der Himmel auf, den die Seinsgerechten über sich errichtet haben. Nur dies kann auch dein Herz vollends befrieden und vermag dich in den Zustand ewiger Heiterkeit, Glückseligkeit und Daseinswonne zu versetzen. Mach auch du es wahr und *sei* in jedem vaterländischen Momente deines Lebens, wie inmitten jeder Prüderie, der sich das Weltliche in seinem Wahn verschrieben.

Kaum bemerkt und doch intensen Aufblühens bist du in den Garten Eden eingetreten und beginnst den grenzenlosen Raum, in dem du dich befindest, mit vorzüglichen Gedankenbildern auszumalen. Du gestaltest was sich dir aus fantasiegesättigten und höchst plausiblen Kombinationen freien Sinns ergibt und lässest es vor dir beschwingt im Himmelsäther strahlen. Jeder Traum wird wahr und jeder Aufwall zum einhelligen Vergnügen das die Seinsverklärten sich zu eigen machen. Vielheit in der Einheit, Einigung der Vielen ist hier in der Allnatürlichkeit vollbracht und darf sich wahrlich sehen lassen vor den Meistern, die ihr Sein erkannt und sich in ihm auf's Wohlgefälligste und Reinste eingerichtet haben.

4.14

Eine Strecke Wegs ist noch für dich zu gehn und wieder eine mit geduldiger Konstanz, bis du den Punkt erreichst in deinem gläubigen Gemüte wo der Friede herrscht, die Harmonie und die Glückseligkeit des reinen Seins, von dessen Zauber du beseligt bist für alle Zeiten. Ich suche Meine Mannschaft im Allhier zusammen, um mit ihr den Freudentag der tätigen Geduld zu feiern mit der hier alle ihr gemeinsam Werk vollbringen. Das Bewusstsein der Alleinheit, das die Seinsverklärten aufrecht zu erhalten pflegen, ist das Nonplusultra das es zu erreichen gilt in Meinem Milieu der Stärke, Unverwundbarkeit und sinngeladnen Harmonie. Ich unterscheide nicht mehr zwischen vorwärts und zurück, zwischen auf und ab und hin und her, weil Ich alles schon erreicht und in Meinem Geiste eingemittet habe. Kommt dazu, dass Mein Verlangen nach Geselligkeit, wie nach dem Einsamsein, Erfüllung fand in dem erhabnen Zustand dem Ich Meine Herzensseligkeit verdanke.

Siehst du dich im Sein geborgen strömt dir alles was da *ist* begeistert zu und du bist stolz darauf, es mitgeformt und sonderlich behutsam mitgeprägt zu haben. Lass es dir gesagt sein, dass Mein Sein das Deine sowohl haushoch überragt, wie auch auf silberheller Augenhöhe mit ihm liegt, um es inständig zu befruchten und ihm Meine liebevolle Leuchtkraft zu vergeben.

Sieh nur her mit wieviel mustergültigem Gewinn du vor Mir hergehst, zum geheimnisvollen Geisterlande das nun für dich offensteht. Du verweigerst dich dem Einfluss Meiner Güte und Gerechtigkeit nicht mehr und eilst herbei, sie immer reicher und bestimmter, segenvoller und bewusster zu empfangen. Deine Weise ist im Sternenglanz der Hoffnung Meine eigene geworden und dein Dich-auf-dich-selbst-Besinnen eine Melodie der Freude, Seinsgelassenheit und Liebesseligkeit in Mir.

4.15

Liedhaft und charmant kommst du daher, wenn deine Stimme Meine ist geworden. Du versteigst dich auf die tückische Behauptung Mich zu sein, derweil das nur Verwirrung stiftet in den Reihen derer, die die Gnade der Verklärung lang noch nicht empfangen haben. Innen aber halte hoch, was dir bewusst geworden ist, und lass es nimmer von dir fahren.

Du gewahrst wie Myriaden mitten in dem Reichtum des Allherrlichen stehn und können ihn doch nicht gewahren. Das ist höchst fatal für sie, allwie für ganze Völkerscharen, die sich blindlings und brutal bekämpfen statt in jedem Menschenwesen eine veritable Inkarnation der Weltengottheit wahrzunehmen. Deswegen ist schon der geringste Zank ein folgenschweres Missverstehn, das sich im schlimmsten Falle bis zu blutigen Kämpfen steigern steigern kann.

Auch du kannst dies vermeiden helfen, in dem du deinen Willen kultivierst und dich nicht der Versuchung hingibst unbesonnen dreinzuschlagen.

Alles was sich dir um dich herum in quicklebendigen Gedankenfeldern präsentiert, hat die Tendenz dich für sich einzunehmen. Das aber muss von dir präzise wahrgenommen und nach nützlich oder schädlich ausgefiltert werden. Normalerweise wehrst du dich dagegen dich dem Unbedarften preiszugeben, doch in der Verblendung der Erregtheit lässest du dich zu den schlimmsten Äusserungen oder Tätlichkeiten dirigieren. Um dieses Unheil zu vermeiden ist es unumgänglich, dass du deine Seelenwerte kultivierst und ihnen Stärke und Beständigkeit verleihst. Dann kannst du auch in der Bedrängnis auf sie zählen und dich der Versuchungen erwehren, die dich ständig und gekonnt umschwirren. Was du dir wirklich Bist kommt so zum Vorschein und offenbart das götterlichte Wesen das sich als ein Hauch der Güte und Gerechtigkeit durch alle Lebewelten zieht. Du beginnst zu schweigen, damit Ich in dir reden kann, du agierst nicht ohne Mich in dir darum zu fragen. Das spricht sich bald einmal herum und lässt dich ein geziemend Vorbild sein für das Menschenbild das Ich schlussends kreieren will in allen Breitengraden.

4.16

Dromedare haben viel zu tragen, doch du hast es noch viel mehr und bist beständig voll geladen mit vieltausend Dingen um dich her. Du willst sie, denkst du, doch was *Ich* darüber denke willst du nicht vernehmen. Wie einfach wäre es für dich zu sagen: Herr, ich weiss nicht was in diesem Fall zu tun ist, doch du lässest dich in's Abenteuer ziehen und verhedderst dich darin.

Was Ich dir dringend rate ist die Hände zu erheben und Mich in dir um Rat zu fragen über dies und das. Und siehe da, Ich will dir Antwort geben Meiner Art gemäss und will dich trösten und mit vorteilhaftem Rat versehen in der höchsten Not.

Eine Weihe ohnegleichen ist es, mit Mir Geselligkeit zu üben in den Geisteshöhn. Da weht ein frischer Wind im Seinssubtilen und freier fliesst das warme Blut durch deine Adern. Wie hast du nun dafür zu kämpfen, dass das Erreichte dir erhalten bleibt und Meine silberhellen Weiten dir begeisternd in die lichte Seele winken. Wird denn das Ringen niemals ein beglücktes Ende nehmen? Nein und wieder nein. Es dreht sich die Spirale deines Seins beständig neuen Höhen feierlich entgegen und du bist allertiefst beglückt darob, dass sie dir das Unendliche eröffnet in der sagenhaften Geistesevolution.

Mir nichts, dir nichts kann so etwas Grandioses nicht geschehn. Das geliebte Sein hebt sich aus den untern Regionen federleicht hinan und etabliert sich mählich wo Ich Bin im Glanz der hochentwickelten Gefälligkeiten und Idole. Dort sollst und darfst du sein was du beigetragen hast dazu, derweil Ich dich in Meinem Universenschosse trage. Sich rundend wallen die unendlichen Gedanken her und hin und verbinden sich mit den Gefühlen zu dem Einen das Ich Bin in allem und mit allem das zu dem herangewachsen und gereift ist was es *ist,* sich freuend auf das Seligmachende das ihm bevorsteht in beständig wachsenden Unendlichkeiten.

4.17

Moderat ist nichts in Meinem Wesen, alles steigert sich dem Unermesslichen entgegen, das Ich Mir Bin und welches Ich gedanken- und gefühlvoll immer weiter in die Weiten treibe. Es vergrössert sich der Raum im Mass der Sterne, die sich ungehemmt ins Kosmische Verkreisen. Was Ich Bin ist immer mit dabei und hat es dennoch aus sich selbst entlassen als der reinen Seinsbewusstheit Sammlung und Regie.

Nun wähle du was du geschickter findest, dich in der Illusion der Winzigkeit zu wiegen, oder aus ihr auszubrechen deinem wahren Bildungsstand gemäss. Du bist nicht was du scheinst, sondern Meines Geistseins Appendix die sich in dir fortsetzt in unendlicher Manier. Du kannst dich jederzeit auf die enorme Wucht besinnen, die in deinem Dasein liegt sowie du es als Meins erkannt hast und beginnst es auszuwerten in bewundernswerter Reinkultur. Du wirst der Fabrikant von deines eignen Schicksals Windungen und Seinsgenügen. An deinem Gang durch Weltenzeiten gibt es nichts mehr zu bemängeln und zu rütteln, weil er firm und folgerichtig, feinmotorisch und verheissungsvoll geworden ist für die

die ihn zu überwachen haben. Du trägst federleicht an deinem Joch und spielst mit ihm in guten Treuen mit der Überzeugung, dass du dich in vollem Einklang mit den Geistern des Gerechtseins und des Wohlgefühls befindest. Das ist dann das wahre Menschenleben, das Ich Mir zum Ziel gesetzt und ausgetüftelt habe. Du Bist es dann und willst es nimmer missen weil es so begeisternd und gerecht mit dir verfährt, dass du von Tag zu Tag im reinen Glücke schwimmst und dich voll Eifer auf den nächsten freust, derweil er dir mit wissender Beständigkeit entgegenflutet. Du Bist in ihm das Nonplusultra Meines Werdens und zugleich der makellose Ausdruck Meines Seins, in dessen Fülle sich die Patriarchen und Propheten, Gläubigen und Zaudernden, Versehrten und Geheilten glückselig und begeistert baden.

4.18

Arkadien ist gar nicht weit von hier, wenn du dich nur ermannst es intensiv zu suchen und schlussends zu finden im gütestrahlenden Allwesen. Du gehst aus dir heraus, um die Umgebung wirklich wahrzunehmen. Du siehst die Menschen wie sie sind in ihren Leidenschaften, Kümmernissen und Gewissensnöten. Das beschert dir ein Bewusstsein von enormer Aufgeschlossenheit für das was hinter allem steht und was dasselbe ist in allen seinen Menschengliedern. Da aber Bin Ich der Erhabenste und Mächtigste in allen Geistesregionen die da *sind* in absolutem Wohlbefinden mit sich selbst, und das schon seit Äonen. Mag deine wachgewordne Seele auch nur den Rand von Meinem Sein touchieren so neigt sich ihr Mein seligmachendes Gewoge ganz entschieden zu und lässt sie jubeln vor Begeisterung am Freisein das sie dann erfährt.

Für dein Sein bestimmt ist was du ihm an Zuversichtlichkeit und Güte, Stillesein und Makellosigkeit entgegenträgst. Das ist so weil *Ich* es Bin in dir, dem du mit Kostbarkeiten wahren Lebens huldigst und es mit dem Besten, was du sein kannst, anrührst und beehrst.

Hast du durch dein Verhalten Meine Gunst erworben, bist du so wie in den Garten Eden eingezogen. Du weisst dich wohlbehütet von den Geistbefestigungen die ihn wild und mild umgeben und du fühlst dich in ihm als ein Neuling, der mit allen Ehren und Begünstigungen, Sicherheiten und Gottseligkeiten ausgestattet worden ist die du dir nur erdenken kannst in deiner seinserhobenen Manier.

Soviel ist auch dir beschieden in der Wachheit deiner Züge wie im Daseinsglanze der dich von Meiner Seite zartgestimmt und liebevoll umflutet. Du lebst und webst in ihm und fühlst dich wie verzaubert in ein Reich der Anmut und der schönen Künste, der ewigen Heiterkeit und wunderbar beseligenden Harmonie.

4.19

In der Regel sind die matchentscheidenden Gedanken jene, die sich an die Meinen angeheftet haben. Ich verhelfe ihnen zum Erfolg in dem was sie sich vorgenommen haben. Auch deinem Denken Bin Ich eine wunderbare Resonanz im Ewigen in das sie eingebettet sind und von dem sie, wenn sie wollen, unermesslich Liebevolles zu erwarten haben.

Meiner Weisheit, Meinem Witz und Meiner Sorglichkeit gemäss Bin Ich denen, die Mir überragendes Vertrauen schenken, näher als den vielbeschäftigten Banausen deren eigensinnige Parole lautet: Ich bin soviel wie alles in der Welt in der Ich bin und lebe. Gar mancher mag sich bitter grämen, wenn er sich verlassen sieht in Weltzusammenhängen welche achtlos, selbstgefällig und geniesserisch an ihm vorübergehn. Das ist, weil er sich in sich selbst verschlossen hält, statt sich der Umwelt zu vergeben. Sie gibt ihm nur zurück was er verschenkt hat in der hellen Wohlfahrt seiner Zeiten.

Es gibt viele Gründe welche dafür sprechen, dass du dich an Meine Regeln halten sollst im Unergründlichen. Das macht die Seele frisch und frei und lässt sie selig in sich selber atmen. Du gewinnst, was du verloren, wieder und tust dir selber den bedeutendsten Gefallen indem du anderen gefällig bist in ihren Nöten und Mutwilligkeiten. Es glänzt was immer glänzen soll in deinen besten Tagen und was sich dir erfüllt erfüllt sich auch an Mir im Zwiegespräch das wir beständig miteinander halten.

Was immer kommt muss wieder gehn, nur Meines Seins Gewissheit hat Bestand in der immer gleichen Qualität, Geschliffenheit und Harmonie. Der sich hier *alles* leisten kann ist auch imstand zugleich in absoluter Stille in sich selber zu verweilen, die ein sagenhaftes Wohlgefühl und eine wundervolle Friedensdominanz gebiert. Trittst du in sie ein ist für dich alles gut was je gewesen und alles Einigkeit was je zerstritten war.

4.20

Instabil sind die Ereignisse die dich trotz allem in die höchsten Höhen führen. Du vergissest was dir fehlte und beginnst dein Tagwerk, reiner Zuversicht gemäss. Die Elle die du anlegst will nicht mehr als tunlich ist ermessen, derweil du schreitest frohgemut einher wo andere noch stockend eine Nachtmahr im Gewissen tragen.

Nur um zu glänzen werfen viele sich in eine völlig überrissene Postur, Ich aber Bin der Glanz an sich und habe keine neuen Lichter für Mich zu entwerfen. Mein Antlitz strahlt dir heller als das Sonnenlicht entgegen und versieht dich mit den Kräften die dir nötig sind für's unbeschwerte Sein und Leben. Willst du wahrhaft reüssieren gibt es keine andre Wahl als dich in Meine Geistesgegenwart, Gutmütigkeit und seelenvolle Andacht zu vertiefen, bis du Mich wahrnimmst in der Wirklichkeit des Seinserlebens.

Alles was vor dir als wunderbar gerundetes Idol erscheint wird einmal ganz konkret und wirklich vor dir stehn. Du brauchst es nur bewusst und liebevoll in deinem Geist zu hegen und zu pflegen. Was dir nottut ist der Sprung vom starrgewordnen Weltlichen in Meine seinsbeweglichen Manieren, die allen Lebenssinn und Saft und sinngeladne Liebenswürdigkeit enthalten. Masse dir nicht an das selbst zu machen was Ich an dir tun muss um dein Sein behutsam, wohlbedacht und meisterhaft bis ins Unendliche zu erheben.

Was Mein ist ist auch dein und was dein ist Mein, kann nicht auf jeden Schwenker deinerseits gebührend angewendet werden. Zuerst muss Ich dich fassen können und dich gleich dem Edelstein in Form und Farbe bringen bis Ich dich in jene Fassung fügen kann die dir und aller Welt entspricht in Meinem Über-sie-Verfügen.

Was immer gross ist muss zuerst im kleinsten Raum geschehn und was sich präsentieren soll im Weltmass muss in wahrer Seinsbescheidenheit und Hoffnung, Liebe zum Allhöchsten sowie in kindlichem Vertrauen in sich selbst beginnen.

Bist du bis hieher gelangt wirst du noch viel weiterkommen müssen auf der Reise in die ewige Genügsamkeit und Seelenaugenfrische, Seinspräsenz und Herrlichkeit Elysiens. Ich traue Mir die nötige Begleitung zu, selbst für die schwierigsten Passagen, die dich allesamt gekonnt und einflussreich in Meine gloriose Nähe bringen. Du startest irgendwo wie Myriaden andere, die überströmen alles wie in einem ewigen Sternenmarsch Mir und Meiner Glorie entgegen. Ist dir das zu einem überragenden Begriff geworden, nimmt der Eifer ständig zu mit dem du strebend dich bemühst mit dir selbst und damit auch mit Mir ins Reine und Beglückende zu kommen. Es tragen dich die Weltereignisse beständig deiner Heimat zu und dir ist weder Rast noch Ruh gegönnt bis du dort angekommen bist, wo du seit immer hingehörst in deinem namenlosen Langen.

Neue Werte und Bezüge tauchen vor dir auf und erfordern deine Stellungnahme jetzt und ohne sie auf später zu verschieben. Was machst du dann wenn du bei Gott nicht weißt auf welche Art zu reagieren? Da gibt's nur *eine* Wendung nämlich Mich um Rat zu fragen und allmählich weisst du ganz gewiss, dass Ich dir auf geheimnisvolle Weise alle Rätsel glänzend löse.

Das Zauberhafte das Mich schon seit eh und je umgibt wird dich beständig weiter faszinieren und dir damit eine Hilfe sein in Bezug auf Seinsbeständigkeit, Gewissenhaftigkeit, Analogie und unverwandtes Nach-der-Mitte-Streben. Du spürst den Ansatz den Ich mit dir meine und übergibst dich Meiner Leitung, Leutseligkeit und Kompetenz in allen Phasen deines Eingeborenseins in Mir. Ich stifte Frieden wo Ich kann und lasse Mich zu keinem faulen Kompromiss verführen. Diese Machart soll auch dir geläufig werden wo du gehst und stehst und soll dich geistig laben an den Tischen Meiner Höflichkeit und Sitte, Seligkeit und Harmonie. Gelobt sei der dich trägt und prägt durch die Äonen und gelobt seist du für deinen Eifer und dein Recht voll Wonne und Holdseligkeit zu Mir zu kommen.

4.21

Das Tapfere ist immer auch ein Gang zu mehr Vertrauen in dich selbst sowie zu fairem Handeln an der Welt in der du lebst und dich bestätigst als ein Wesen der Gerechtigkeit und des intensen Friedens. Du wünschest, dass sich alle eines würdigen und heitern Seins erfreuen können und erfährst dich selbst als allem aufgeschlossen und zutiefst verbunden. Diese Werte aber sind Bestandteil der allgöttlichen Natur, die sich in dir und deinem Umkreis liebevoll bestätigt und erhebt. Nun liegt es alleweil an dir dies Wunder der Vermählung zu erkennen und ihm deine Ehrfurcht, Liebe und tiefinnige Vertrautheit zuzuwenden.

Ich spreche in der Regel nicht von Mir und Meinen Herzensgütern. Doch eines will Ich ohne Scheu betonen: Du bist Mir wie Mein Augenstern von allergrösstem Nutzen weil Ich Mir durch dich die Lebenswelt betrachte und Mich in ihr durch dich so richtig etablieren kann. Mehr als du wissen kannst ist damit unter Meiner minutiös gefächerten Kontrolle und damit selbstverständlich unter Meinem Schutz und Meiner gütevollen Seinsparade. Ich erlebe in dir was Ich selber sein will in der Welt wie in der Wohlgestalt des Universenseins in das Ich Mich vollends verwebe. Fehlst du muss Ich dein Unvermögen höchst persönlich auf Mich nehmen, freust du dich, find Ich daran Mein Teil und Meine Wohlbewusstheit menschlichen Gestaltens.

Du gehst den Gang in Meine schauerlichen Tiefen indem Ich ständig und inständig mit dir geh und in dieser Symbiose Meinem Universenwerk Erbauung und Vollendung zugestehe. Das macht die Lebenswelten rund und feierlich und morgenschön. Darauf sage Ich: Trag Sorge zu den Deinen so wie Ich zu Meinen allweit Sorge trage und verehre, was du von Mir weißt, indem du dich zur Geistwelt wendest die Ich Bin und deren Teil du Bist in wunderbar beseligenden Zügen.

Costa Rica, Costa Brava auch für dich in allen deinen Windungen und Sagenhaftigkeiten auf der Fahrt ins brave Glück hienieden. Ohne Meinen Zustupf jedoch muss die Sache scheitern, weil sie, sich selber überlassen, harzig wird und ranzig, butterweich und selbstverloren. Du schaufelst dir Genüsse zu, die aus Meiner Sicht tabu und schädlich sind im Sinne deines Wohlgeratens. Deswegen störe Ich bewusst dein Tun, damit du an der Eigensinnigkeit und Sturheit deiner Taten keinen Schaden leidest. So vermesse Ich mit andern Ellen was dir frommt und was echte Freude lässt in deine Seele fahren.

Alle Menschen sind Geliebte und Beförderte des einen Herren der Ich ihnen Bin und der sie stets begleitet in Erwartung ihrer Seriosität, Beständigkeit und Treue gegenüber der Gesetzlichkeit von Mir. Deine Züge sollen kongruent und deckungsgleich mit Meinen werden, damit die Sage sich erfüllt von der Begünstigung, die Ich den Gotteskindern angedeihen lasse im Erwachen und Verblühen ihrer Taten. Stets soll was sein soll von dir strikt erfüllt und hingeblättert werden, damit das Weltenleben mählich ins Gedeihen driftet und ins Wesen reiner Harmonie. Von Meiner Seite ist das Nötige bereits getan, nun muss dringend auch das Deine folgen in des Lebens Wanderzirkus, Maskerade, Fliegenfischerei und Präsidentenstil.

Leichthin geht dir alles von der Hand, was *Ich* in sie gelegt und eingeteilt sowie zur Mässigkeit beschnitten habe. Immer soll es heissen: Gott mit dir und Gott weit über deinen Floskeln und den bittersüssen Schändlichkeiten. Mein Heil und Segen waltet licht und unbeschädigt über deinem Haupte und gebiert in dir Seinsoffenbarung, gleitende Glückseligkeit und delikaten Frieden.

5

Mein Idealbild von der Welt

5.1

Bekanntlich weiss Ich besser was sich ziemt als du mit deinen kuriosen und verschrobenen Gedankengängen und Ideen. Trotzdem willst du es hinauf zum Herrscher bringen über alles was dir in die Fingerchen gerät und was dir nützen kann für deine Geldsucht wie für deinen Hang nach Hoffart und Vergnügen. Du lässest weder Mahner noch In-Demut-Bittende an dich heran, weil sich dein Herz verhärtet hat im Zug der harten Millionen. Das Geizigsein wird dir zur Tugend, das Verschwenden gilt nur dir allein, um deiner Ich-Sucht gnadenlos zu frönen. Siehst du dein Ende kommen, kannst du kaum noch überlegen, was du tust. Du wirst beherrscht von Kräften die dein Seelensein unmissverständlich ins Verderben reissen. So etwas wie ein schwarzes Loch verbreitet vor dir Angst und Schrecken und du klammerst dich an jeden Strohhalm, der dir Rettung, Halt und Sicherheit verspricht. Mich den Weltenretter hast du vollends aus dem Aug verloren, und was dich von Mir fernhält dominiert dein Sein so lange, bis dich deine Ängste mählich zur Besinnung auf dein Fehlverhalten führen. Zu spät, du reisest in den Hades, mit der Last der Ungebührlichkeit belegt, und dort beginnst du, im Erkennen, zu bereuen was du in der Weltenhörigkeit Bedauerliches hast getan. Eine Chance wird dir von Mir eingeräumt: in einem neuen Leben moralischer und mitleidsvoller zu agieren. Meine bange Frage lautet: Wirst du es auch tun? Was immer du verletzt hast muss von dir mit Meiner liebevollen Hilfe eingesehen und geheilt, bedacht und auf den rechten Weg geleitet werden. Das veredelt dann dein Sein und lässt es wahrhaft freundlich, mitfühlend, integral und freigiebig werden, bis zum Glückseligsein in Meinen gloriosen Gärten.

5.2

Das Tapfere ist immer auch das Seriöse, das Mir zuvörderst auf der Zunge liegt, wenn Ich das Weltgewissen aufzurütteln suche. Es liegt gar vieles noch im Argen, das mit mehr Mitgefühl aufs Selbstverständlichste und Liebenswerteste behoben werden unter der Masse der Menschen. Von den höchsten Rängen perlt der Gütestrom zu deiner Welt hernieder, und vermag den Zauber deines Hierseins auf's Entschiedenste und Wohlgefälligste zu mehren. Ohne Mich kannst du nicht wirklich gut sein, weil dir die Zusammenhänge fehlen, die dich die Universenwelt erkennen lassen in gottseliger Manier.

Auch bei Mir wirst du vor etwas wie ein Tribunal gezogen, das aus tiefer Einsicht in die Gründe deines Handelns urteilt über recht passabel oder unnütz in der Fülle deiner Lebenstaten. Manches noch lässt dich vor Scham erröten, wenn du einsiehst welchen Unsinn du aus Mangel an gehöriger Einsicht in Mein Wesen produziert hast jahrelang und intensiv. Vieles muss dich schmerzlich und pikant berühren, damit du dein Gehaben endlich änderst in des Lebens Wucht und Strategie. Du besinnst dich auf dich selbst und wirst dir inne, wie sehr Ich Mich dabei in dir genau so innig auf Mich selbst besinne, in des Seins bewundernswertem Ritual.

Glaube nicht du könntest Unbill durch Zerstreutheit wesenhaft vermeiden, denn gerade diese bringt es auf den Punkt der Langeweile die dein Wohlbefinden merklich stört. Das zwingt dich dein Bewusstsein mit Bekömmlicherem aufzuladen das in Meiner Obhut steht und dich mit Wachheit, Seinskondition, Vertrautheit mit dem Ewigen und mit der Heiterkeit Elysiens versieht. Du findest Meinen Faden und schneiderst dir damit das Kleid der fliessenden Unendlichkeit, der Grazie der himmlischen Gefühle sowie des Heils im götterlichten Medium von Mir.

5.3

Dein Tatendrang gibt Mir Gelegenheit Mich einzumischen in dein Tun, um es zum Adel der Gottseligkeit und Geistgeneigtheit zu erheben. Traure niemals dem Vergangnen nach, sondern freu dich auf das Künftige das ansteht um dir Labsal, Seinsgerechtigkeit und Seelenwonne zu bescheren. Mir nichts, dir nichts kann nichts Vaterländisches geschehn. Es braucht enorme Kräfte, welche solidarisch und gekonnt zusammenstehn, um das Erhabene und Faszinierende im Weltlauf zu kreieren. Auch du sollst dich bemühn zu denen zu gehören die Ausserdordentliches leisten in der Spanne ihres Lebens. Dabei soll dir bewusst sein, dass die grandiosen Schöpfungen allesamt von Mir begleitet und ins Strahlenlicht gezogen werden. Wie geschieht dies Wunder des Belebens? Durch Gedankenübertragung noch und noch in allen Wendungen und Variationen, die von Mir erfunden und für gut befunden worden sind. Du befindest dich in einem Milieu von wunderbar gesegneten Gedankenströmen, die dich inspirieren und in jeder Weise zum Gestalten wunderbarer Werke animieren; wie Musik soll, was du formen willst, aus deinen Händen fliessen. In wohlbedachter Ehrbarkeit erschaffst du, was gerade *Ich* durch deine Fähigkeit erschaffe, um als genial und sagenhaft zu gelten.

Gib nie auf, wenn etwas kritisch wird, sondern flehe Mich um einen guten Ratschlag an, damit die Sache wieder Schwung und Resonanz, Bedeutsamkeit und Wohlverstand gewinnt in auserlesenen Massen. Geschwisterlich sollst du dich allen Wesen gegenüber jederzeit verhalten, damit die Prophezeiung sich erfülle von der makellosen Friedefertigkeit die Ich für alle Lebenswelten vorgesehen habe. Es steht in deiner Macht mit Mir zusammen allem Redlichen und wunderbar Gesegnetem zum Durchbruch zu verhelfen, damit die Harmonie obsiegt und die Bewussten sich in Seinsglückseligkeit zusammenfinden.

5.4

In Kümmernissen lässt sich auf die Dauer niemals leben. Die Schatten müssen aufgehellt, verscheucht und von Meiner Güte durch und durch durchlichtet werden. Bevor du warst war Ich, der Seiende, in lichter Majestät und makelloser Gloriole *eines* Wesens in Mir selbst in Universenträchtigkeit und sagenhafter Güte. Zeit ist nie vor Mir erschienen, weil die Grenzenlosigkeit nichts weiss von Bindung, Teilung, Ungeduld und Kompetitionen.

Was Ich Bin ist ein für allemal *unwesentlich* gewesen. Meine Züge sind von keinem nachzuzeichnen und Meine Herzlichkeit ist keinen Schlägen untertan. Du kannst Mich keines Aufruhrs wie auch keiner Totenstarre, Sturheit oder Lässigkeit bezichtigen. Erhabenheit und Sonnenkraft sind die bedeutendsten von Meinen Attributen, die von Unerschöpflichkeit und Reinheit was verstehn. Aus Mir hervor geht alles was da *ist* in unerhörter Fülle und Verschwendung, Lebendigkeit und Fruchtbarkeit in nie verebbender Bravour. Was Ich graviere hat Bestand für Ewigkeiten, was mich kümmert lass Ich niemals los bis es vollendet ist in seiner Eigenart und Generosität, Bewusstheit und glückseligen Staffage. Was immer redlich ist, geruhsam, kompetent und siegreich universenweit in allen Kompetitionen Bin Ich, der sakrosankte Vater der Behutsamkeit und des gekonnten Aufwärtsstrebens. Mein Vorwärtsschreiten ist als eine süsse Melodie des Gleichschritts anzuhören, Mein Ein- und Austritt ist dem Atem der Unendlichkeit auf's Wunderbarste zu vergleichen. Was du nicht Bist Bin Ich schon immer freudestrahlend und besänftigend in dir gewesen, was dir frommt, trägt Meine Wertung, Wissenschaft, Wahrhaftigkeit und Wohlbekömmlichkeit in sich in aberreichen Masse. Du bist in Mir und Ich in dir auf's Köstlichste gediehen.

5.5

Melodien hör Ich klingen von unendlichem Gehalt sowie von sagenhafter Süsse in des Herzens Sanktuarium und seelenvoller Poesie. Wieviel hab Ich gelitten und gestritten bis der Aufruhr sich gelegt hat und die Ruhe der Gesegneten des Herrn sich still allüberall verbreitete worin Ich Mich als Weltenwesen fühlte. Auch dir ist es beschieden mehr als in dir selber in der Fülle Meiner Gegenwart zu weilen, wenn du nur den Weg gefunden hast zu Mir. Hingabe und bewundernswertes Seinsvertrauen sind vonnöten, um die innige Verbindung herzustellen, die in dir schlussendlich zur Erhabenheit der Sterne führt. Du bist auf dieser Welt und bist es auch nicht mehr, weil dich die andere in dieser attraktiver deucht in ausserordentlich beglückender Manier.

Es ist als ob du in dir selbst der Bote einer Sendschrift und Beredsamkeit geworden wärest, die dir vom Ewigen erzählte wie vom glückseligmachenden Befreitsein aus der Qual handfester Illusionen, die dich alltäglich auf's Gemeinste strapazieren.

Dieser Zustand ist die Wendung hin zu Mir und Meinen würdevollen Wohlbekömmlichkeiten, die so viel an Weisheit, Wahrheit, Redlichkeit und Wachheit in sich tragen. Willst du wissen was du Bist, so kannst du ruhigen Gemüts auf diese Meine Werte greifen und dich ihnen anvertrauen im gottseligen Bewusstsein ihrer Meisterzüge. Du Bist was ewig ist geworden und bedankst dich höflich bei der Mutter der Natur wie aller Dinge die da *sind* in Eins geflochten von der göttliche Ägide.

Willst du zweifeln zweifle nur, thomistisches Gemüt, doch darauf lass dich umso vehementer überzeugen von der Richtigkeit, Lebendigkeit und Frische Meiner Gaben. Ich zögere nicht, ständig auszuteilen, was Ich Bin, und beglücke damit alle die es dringend nötig haben.

5.6

Manche wollen bar auf ihren Tisch gezählt was Ich für sie bereitet habe, doch Ich kann es so nicht halten, weil das Seelenvolle als ein Hauch der Liebe durch die Welten strömt, um jene zu beglücken, die die Feinheit des Gemüts dafür entwickelt haben. Magst du Mich gut leiden, wirst du auch begreifen weshalb Ich zu jedem Weltenbürger mit anderer Betonung steh. Genau auf dich bezogen wird Mein Einfluss alleweil vonstattengehn. Es muss, was dir noch fehlt, hinzugefügt und in dein Wesen eingeflochten werden. Was du von Mir billigst wird dir gut tun auf das Ewige, das in dir west, bezogen. Doch besonders will Ich hier betonen: Gib dich niemals dem Verführer preis indem du kritische Gedanken hätschelst oder Meinen Plan für dich negierst. Da gibt es noch recht viel hinzuzulernen in den Sparten Seinsbeständigkeit, Bewusstheit und Gottseligkeit in einem. Im Grund brauchst du nur Mich zu kennen von dem vielen, das vor dir zur Auswahl steht. Kennst du Mich, so ist dir alles was da *ist* bekannt und du brauchst dein Näschen gegenüber Nichts zu rümpfen. Alles ist in Meine Heiligkeit gegossen, nur dass es, was Ich meine, nicht versteht und deswegen einen Eigensinn entwickelt von verheerend selbstgefälligen Zügen.

Du klammerst dich an vieles, was mitnichten Meinen Stempel trägt und glaubst doch stets, das Kolumbusei entdeckt zu haben. Von diesem Trugschluss will Ich dich persönlich gründlich heilen und dir Meine seelenvolle Art beliebt und gängig machen. Suchst du, was Ich Bin, wirst du es sicher finden und trägst du zum Gelingen Meiner Weltenpläne bei gehörst du zu den Trefflichen, die ihr Sein auf's Innigste begriffen haben. Du schwimmst in Freuden ob der Zuversicht die dich beseelt und lässest Mich in dir und deinem Umfeld wohlgelaunt gewähren.

5.7

Ich verleihe was holdselig stimmt an Meiner Bürgen Schar und lasse sie auf Meinen Pfaden wohlgelaunt und sicher fürbas gehen. Das ist weil sie in Meine Richtung sich bewegen und so dem Guten in der Welt entschieden Vorschub leisten. Sie besänftigen das Aufgeregte und befrieden ihres Seins Kalamitäten mit gekonnter Hand und mit der Herzensklugheit, die Ich ihnen auf die Universenreise mitgegeben.

Willst du einer von den Ihren sein so nimm dich wohl in Acht an welche weiteren Kontakte und Beschäftigungen du dich bindest. Es können schlechte oder allzuviele sein, die dir schlussends vereiteln was du pflegen wolltest, in des Daseins Redlichkeit und Harmonie im ewig heiteren Gemüte. Du solltest nicht versuchen all dieses ohne Meinen Rat und Meine effektive Hilfe zu vollbringen. Wenn du dich vereinzelst, fühlst du dich wie abgeschnürt vom rechten Dasein, verdorrt und kraftlos in der Tage bodenständigem Erleben.

Sowie du schweigen kannst vor Meinem Auftritt und Beherrschen deiner Lebensbühne darfst du inniglich erfahren was *Ich* mit deinem Gegenwärtigsein im Schilde führe. Ich führ dich an der rechten Stelle ins rasant bewegte Weltgetriebe ein und hör dich gerne surren vor Begeisterung in ihm. Ich Bin dein weiterführendes Momentum in der grandiosen Koalition in die Ich eingebunden Bin und darf Mich rühmen ihrem Duft und Drang das Meine zuzuführen.

Nicht in Details sollst du dich verlieren, sondern gleich auf's Ganze gehen, weil andernfalls die Zeit an dir vorüberrauscht als wäre sie nicht dagewesen. Mein Sinnen stösst auf dich derweil du sinnvoll und beachtenswert agierst und verleiht dir dazu Heiterkeit und Stärke, festen Standpunkt, Zielbewusstheit und bewundernswertes Dich in Mir Erleben. Das ist würdig, seinsgerecht und aberschön.

5.8

Steckst du im Netz und sehnst dich nach Befreiung, Heiterkeit und Ruh musst du die Maschen selbst durchschneiden. Dein Wandern soll dem Einen gelten, das Ich Bin und das du werden sollst in unablässigem Bemühen. Nichts soll dir zuviel sein, wenn es darum geht dir Klarheit über deine Situation im Sein und Leben zu verschaffen, damit du auch die Mittel findest tiefer in sie einzudringen oder ihr gehörig zu entfliehn. Auf jeden Fall bist du in corpore erschienen, um dich tunlich zu verändern und den Vogel abzuschiessen in Bezug auf Seelenstärke, Seinsbewusstheit, Agilität und Tapferkeit im gotteswürdigen Benehmen. Dabei kommt dir wie nichts zugute, dass Ich ständig bei dir Bin und dich mit Meinen Staatsgedanken und Gefühlen mild und liebevoll umflore. Du weisst genau, es geht nicht ohne Mich in der Fülle der beängstigenden Rätselhaftigkeiten, die dir pausenlos zu schaffen machen. Wo Ich immer will da kann Ich auch, kannst du dir gütlich sagen und dabei bedenken, dass Ich hinter allem steh was dich betrifft und ebenso die Myridaden anderen, die alle ihre Brötchen und Beschäftigungen suchen.

Bist du gewillt dich Meiner Aufsicht und Belehrung strikt zu unterziehn, so kann Ich dich echt vorwärts bringen in des Lebens Sinngedicht, Standarte und bewusster Moderation. Du lernst von Tag zu Tag im Evolutionenstrom dich angemessen zu bewegen, damit sowohl das Deine wie das Allgemeine sich gebührend und gedankenfroh entfalten können. Das bringt dann mählich eine Wende von dir weg zu Mir, das heisst zu dem was Weltbedeutung hat und damit auch unendliches Befrieden. Nicht umsonst sollst du durch Generationen vor dich hin gegangen sein, um vom Lebenslernprozess berührt und moduliert, erfahren und beglückt zu werden. Das ist der Zweck der Übung und so wird es für alle Ewigkeit in Gottesminne und allherrlicher Begeisterung für alle weitergehn.

5.9

Wenn es harzt, geliebter Kompagnon, Bin Ich immer für ein gutes Wort und eine seinsvernünftige Tat zu haben. Ich handle stets nach mustergültigen Devisen wie: Mein Beginnen macht dich gross und am Ende stehst du Mir als seinsgerechter, vielgeliebter und geachteter Kollege gegenüber, dem nur Ausserordentliches und Bewundernswertes nachzuweisen ist, im hellen Glanze den Ich dir liebevoll verliehen habe. Nun schweigen deine subalternen und missratenen Gelüste wie angeleinte Hunde, denen nicht zu trauen ist in ihrem wütenden Begehren. Was Ich immer binde, lass Ich wieder los, doch erst nachdem Ich es gezähmt und mit dem Attribut der Ungefährlichkeit versehen habe. Eine Frage: Bist du das? Oder muss Ich fürchten, dass du Mich verrätst nach Strich und Faden, indem du das Geheimnis zwischen dir und Mir gehörig missverstehst und seinen Wert verkennst in schändlicher Manier. Was ist denn so geheimnisvoll verborgen? Die Gefühle die Ich für dich hege und die du nicht erwiderst, sowie Mein In-dir-Wohnens Status den du nicht beachtest und geschweige denn verstehst. Dabei Bin Ich das Einzige in dir was wirklich zählt und was dich leben lässt in Fülle und Wahrhaftigkeit, Bejahung der Gegebenheiten und bewusster Seelenpflege, die dich veredeln und erhöhen soll zu wunderbarer Wachheit im Allhier.

Nach dem Stand der Dinge ist es nötig, dass Ich dich tüchtig am Zügel nehme um dich dorthin zu leiten wo dir Rosen der Beglückung blühn und wo im Feld der vollen Ähren sich der rosenrote Mohn verbreitet. Das ist die Stunde deiner überird`schen Munterkeit und Wachheit deiner Seelenaugen wie auch der Moment in dem du einsiehst wie entzückend weise und gelassen alles eingerichtet ist von Mir und Meinen Treuen im gesegneten Allhier.

5.10

Was du Bist ist immer auch Mein seinszufrieden raschelndes Gefüge, dem du voll vertrauen kannst in deiner Lebenslotterie. Nach wie vor weiss Ich den Nimbus Meiner Weisheit würdig zu vertreten und schaffe vorwärts und zurück, indem Ich dem Vergangenen gebührende Beachtung schenke und so gewappnet mit der Fülle der Erfahrung in die Zukunft stosse. Mein äonenlanges Wirken hat System und ist geprägt von wunderbarer Ebenmässigkeit im beherrschten Denken, tief Empfinden und ereignisvollen Tun. Ich helfe allen intensiv die sich nach diesem götterlichen Ideal verhalten und Bin hocherfreut, wenn schliesslich Myriaden Tüchtige zugleich mit Mir ihr Gottesziel erreichen.

Im Grund genommen musst du gar nicht viel in deiner Welt herumphilosophieren, weil Ich in dieser Hinsicht schon das Allermächtigste und Prächtigste geleistet habe. Nicht umsonst hat die Natur, so wie es scheint, schon immer für sich selber ihren Weg gefunden, derweil *Ich* diesen auf's Präziseste und Effektivste vorgezeichnet habe. Und wie steht's mit dir? Bist du dir bewusst wieviel von dem was du dir leistest Meiner Absicht folgt, Vollendetes zu generieren und Beglückendes zu tun. Wie viel leichter ginge dich das Leben an, wenn du nur die Gnade hättest mehr auf Mich und Meine Wissenschaft zu zählen, statt mit deiner all so schütteren durch deine Weltschau zu stolzieren. In Mir bist du vollends dem Heil anheimgegeben, das dir auch gebührt und dessen Ziselierung Ich Mir unauslöschlich hinters Ohr geschrieben habe. Was du weisst ist Meines Wissens Maskerade, was dich vorwärts bringt ist Meine Tugend der Enthaltsamkeit in Sachen grossmauligem Räsonieren. Trittst du im Nirgendwo begeistert an, so Bin *Ich* es der schützend vor dich hingetreten, siehst du dich als Helden auf der Siegesbahn, so habe *Ich* dir Pusch und Schwung verlieren, intensiver gehts nicht mehr. So geschieht's nach *Meinem* Wort und Willen vor und hinter dir.

5.11

Als formidabel würde Ich bezeichnen, was gerade dem entspricht was Ich Mir ausgedacht und in den Weg geleitet habe. Erst wenn dir's gelingt, dasselbe auch von dir vollkommen überzeugt zu sagen, bist du Meiner würdig und gerecht geworden. So einfach sich das anhört, so mühsam ist es in gar allem, die vollendete Beherrschung zu erlangen. Es gilt, dich jederzeit genauestens zu kontrollieren, was eine Wachheit übermenschlicher Natur erfordert, die nur *Ich* dir ins Gewissen schreiben kann. Das geht soweit, dass du dich vollends einig fühlst mit Meines Wesens Weltmass und Gelingen, weiterführender Brillanz und überwältigendem Wohlbehagen. Du fühlst dich jederzeit wie neu hineingeboren in ein Milieu von absoluter Redlichkeit dir selber gegenüber, wie in Bezug zur Schöpferfähigkeit die leichthin alles übertrifft was du dir vordem auf die Fahne schreiben konntest.

Was dir in diesem Sinne wohlgelingt ist wunderbarerweise Mein Gelingen und was du von dir erzählst ist *Meines* Weltenwortes unerschöpflich reines Offenbaren. Du machst dir eine Kunst daraus, genau im selben Takt wie Ich voranzuschreiten und begleichst, was du dir schuldig bist, in reicher Fülle selbstbewusst aus Meiner gottgeprägten Währung. Ein seelenvoller Macher bist du dir geworden, der weiss was sich gehört im Weltenepos den die Götter in sich tragen. Du meidest tunlich, was gemieden werden soll, um damit jeden Aufruhr, Seinsverlust und deplorablem Pfiff auf's Schärfste zu vermeiden. Diese Haltung ist dein Halt in Meinen Wesensgründen und begründet was dich allertiefst beglückt in der sanften Buntheit Meiner Liebesgärten. Du bist wie Milch und Honig vor Mir ausgegossen und erfüllst dein Sein vollends mit Meiner welt- und gottgeschichtlichen, glückseligmachenden Bravour.

5.12

Kapitän der guten Hoffnung auf Gelingen Bin Ich und soll auch dir in deiner genialen Kindlichkeit auf's Tunlichste beschieden sein. Ich lege Wert auf gute Sitten wo Menschen wie Lebendiges sich begegnen und versuchen müssen miteinander auszukommen. Immer hast du abzuwägen, ob dieses oder jenes besser sei in deiner Art dich aufzuführen, jedem Milieu gemäss. Das braucht fabelhafte Nerven um nach oben wie hinunter Wertbeständigkeit, Risikobereitschaft und Manierlichkeit zu offenbaren.

„Ich Bin der Herr und Gott", sollst du beständig und inständig rezitieren, vor allem dann, wenn du von einem Übermächtigen bedroht und angegriffen wirst. Sei ruhig und auf Mich fixiert in dir und mache dir bewusst wie unbehelligt dich die Störefriede lassen müssen sowie sie dich in *Meiner* Obhut und Bewahrung sehn.

Alle Meine Steine sind geschliffen und poliert bevor Ich sie an deinem Wegrand liebevoll verteile, damit ihr Glitzern dich zu Meiner Hochburg leite in den Himmelshöhn. Nicht alles was dir in die Augen sticht ist dir bestens zu empfehlen. Doch wenn es dich allwie ein zarter, lichter Hauch umweht kannst du gewiss sein, dass es Mir entspricht und von dir angenommen werden kann. Du sollst von Meinen Künsten fasziniert sein und sie ständig anzuwenden suchen, damit sie sich allüberall verbreiten und der Güte vor der Untat dezidiertes Wegrecht geben. Alles was dezent und auserlesen ist verteidigt, offenbart, verleiht und kündet Meine Werte an, die alles ehemals Erlebte masslos übersteigen. Bei Mir ist immer Wunderbares und Unendliches im Spiel, und was es dir eröffnet sind die siebenhundert Seligpreisungen die gerade deinem Hause zu verleihen Meine grösste Ehre, Freude und Genugtuung bedeutet.

Sei dir immer neu bewusst, was es heisst mit einer Gottheit eng befreundet und liiert zu sein und trage Sorge zu dem Sternenbund der dir damit ins Herz geschrieben.

5.13

Die letzte Stunde bei dir schlagen heisst bei Mir die erste, denn dir öffnen sich in Meinem Reich sogleich die Augen des Bewusstseins wieder, nachdem sie sich in deinem zugeschlossen haben. Dies zu wissen kann dich freudig oder fürchterlich berühren; du gerätst in einen Zwiespalt über deines Seins Kapazitäten, weil dein Begriff vom Leben wie vom Sterben nicht mit Meinem übereinstimmt. Bei Mir kann nur die Rede sein von der Unsterblichkeit, in der Ich Mich mit allem was da *ist* befinde. Das Sein an sich ist jeden Wesens zeitenlose Kostbarkeit, die vom Vergänglichen nicht angetastet werden kann.

Wo kein Tod ist muss es keine Auferstehung geben, wo der Glanz des Himmels ewig blüht verewigen sich auch die Herzensfreuden an dem Dasein in unendlicher Gewähr. Mit Mir und in Mir ist im Zeitenlosen und Erhabenen gut leben. Meine Wohlfahrt ist in deines Wesens Akrobatik und verheissungsvolle Tugend-haftigkeit gegossen alsobald, wie du den Weg, die Auffahrt und den Schlüssel zum Portal gefunden hast in die Umfriedung Meiner sinnenseligen Paläste und bewundernswerten Majestäten. Ein Denkmal der Gefälligkeit am Sein und Leben will Ich dir errichten, wenn du begriffen hast wie sehr Ich deinen Aufstieg will in Meine götterlichten Sphären. Auch in dir soll sich das Äusserliche rigoros nach innen kehren, damit es dir bewusst wird wie dein Geisteswesen dominant ist hier und dort und allezeit im Wunder des Dich-Selbst-Erlebens.

Das ist nun einmal Meine Seinsdoktrin, von der Ich vollends überzeugt bin und wovon Ich nimmer weichen werde. Du magst es fassen oder nicht, es ist genauso wie

Ich es im innersten Bezirk erfahre. Es leuchten Mir die Sterne hier und niemals anderswo, Ich Bin ins All gegossen bis zum Rand und fähig alles was da *ist* in Anmut und Gelassenheit, begeisternder Verbindlichkeit und Sagenhaftigkeit zu tragen. Nicht deinen Willen braucht es dazu, sondern Meinen, der in dich gepflanzt ist und auf jeden Fall zum Guten und Glückseligen führt in deinem Seinsgehaben.

5.14

Gedichte scheinen Mir nur wirklich schön zu sein, wenn sie vom Himmel und von Meinem Strahlenglanz darin erzählen. Sie sind die Boten einer Seinskultur von überragendem Bedeuten, die Ich über alle Sternenvölker hin auf's Beste zu erhalten und verwalten pflege. In deiner Seele spiegelt sich ihr Wesen, wenn sie rein ist, gutmütig, hauchdünn und farbenprächtig, wie des Regenbogens seelenvoller Atem. Du bist dazu berufen Schönheit darzustellen in den Welten die Ich Bin und die sich sicher sind dem Universenwohllaut *Meiner* Provenienz und Güte bestens zu gefallen. Sowie du deinen Eigenwert als den von Mir erkannt hast, operierst du stets aus einer Position der Stärke wie der Unbekümmertheit heraus, um die dich ganze Völkerscharen ehrfurchtsvoll beneiden werden.

Macht das Sinn, wirst du dich fragen? Du sagst es, heisst die gängige Parole die behänd von Mir zu dir fliesst um akut und tüchtig zu bestätigen was Ich schon immer wusste in äonenlanger Geistkultur.

Was nimmer zwiegeteilt, uneins und fahnenflüchtig war, Bin Ich als Morgengabe der Genügsamkeit und Harmonie auf's Konsequenteste gewesen. Es gilt der Satz: So wie *Ich* will, wird es unbedingt auch sein und wird bis in die fernsten Zeiten noch florieren. Das Gottgewollte siegt und alles Mindere verschwindet von der Weltenszene auf Mein Wort und Mein gottseliges Gehaben. In diesem Sinne magst du Trost von Mir empfangen und Bewusstheit von den Kräften, die dein Sein auf's Trefflichste beseelen.

Ich habe dich zum Brunnen der Gerechtigkeit geführt, an dem sich die bedeutendsten der Gottesgeister laben und habe dich zum Herold und Verkünder Meiner Wissenschaft vom Sein erkürt um selbst die Zögerlichsten allesamt zu überzeugen und beglücken, auszustatten und erfüllen mit des Gottes seelenvollem Los.

5.15

Treibgut auf dem Meer des Seins zu sein sollst du mit aller Kraft vermeiden. Was verbindet dich mit Mir wenn nicht die unbedingte Treue die Ich zu dir halte in der Weltenwohngemeinschaft die wir miteinander führen. Du wohnst in Mir und Ich in dir indem sich Geist vom Geiste niederlässt in einer Weltenordnung von erstaunenswerter Logik und unendlich liebevollem Sich-Verstehn. So gewandt wie Ich zu sein ist ein unnachahmliches und unerreichtes Phänomen, in welchem alles inbegriffen ist was *ist* und dessen Tatkraft einer namenlosen Ruhe und Gelassenheit entströmt im Wohlklang glückbegnadeter Äonen.

Du bist und weisst es kaum noch richtig einzuschätzen, weil dein Bewusstsein noch im Kinderschühlein durch die Lebenszeiten trippelt. Doch ahnst du etwas von dem majestätisch Überragenden in dem Ich, dich behütend und belehrend, Bin um Meiner Seinskapazität gebührenden Erfolg zu garantieren.

Ein Köchlein sticht in seinen Braten um den Garprozess zu kontrollieren und Ich durchstochere das Weltall, um zu konstatieren wo noch Not vorhanden ist die Ich auszubessern und beschwingten Schrittes zu beheben habe. Sicher ist, dass alles in Mir zur Vollendung drängt, die jedoch nicht erreicht wird, weil in Meinem Sinnen Zug um Zug bedeutendere Bilder und Ideen aufmarschieren. Im Selbstverständnis zwischen dir und

Mir ist alles dieses unausweichlich und dezent vorhanden und spult sich ab je nach Erfolg den jeder einzelne in seinen Daseinsfolgen zu verzeichnen hat im gottseligen Gemüte. Wie vif und wendig musst du sein, um deinen Pflichten voll gerecht zu werden, doch darfst du dabei nicht vergessen, dass dein Wesen Meinem haargenau entspricht in allen so erhebenden und würdevollen Disziplinen. Du deckst sie auf im Laufe der Äonen durch Geduld, Geschick und guten Willen und näherst dich behutsam und vertrauensvoll, manierlich und gekonnt dem Ideal der Menschengöttlichkeit in Mir.

5.16

Das Bleibende ist immer auch das Kommende im grandiosen Weltenspiel das Ich schon immer höchst erfolgreich inszeniere. Ich benütze zum Regieren den antiken Thron der Mir wie nichts vertraut ist weil Ich im Zeitenlosen alles was da *ist* und war beständig vor Mir habe. Aberviel daraus zu lernen ist Mein hocherhabnes Ziel, das Ich mit Götterkraft und Kralle unbedingt erreiche. Du aber schneidest dich vom Ursprung ab, sowie das Leidenschaftliche dich dominiert und tappst in jede noch so wohlbekannte Falle, dich ins Unrecht setzend vor der Götteraugen wissender Manier.

Das ist weil dein Verständlein unter Kürze leidet wo Mein Grosshirn sich im Geistraum immer weitergehend outet ohne je an Hemmnisse zu stossen. Zwar ahnst du, dass es schicklich wäre Meiner Spur von Tatkraft, Weisheit, Zuverlässigkeit und Konsequenz geflissentlich zu folgen, doch du versagst in so und so viel Fällen, weil es dir besser scheint der Eigensinnigkeit und Eigenbrötelei zu frönen. Dem Trockenen gefällt der Regen und so lasse Ich zu deinem Wohlgefallen immerzu den kühlen Nachttau spriessen. Du spürst Unsägliches indem du lauschend ruhst und verbindest dich damit auf's Innigste mit Mir. So entgehst du dem Vergessen und

Vermissen der natürlichen Substanz, die dich weiterführt auf allen deinen Wanderwegen.

Es ist gut für dich zu wissen, dass dein schütterer Verstand ohn` Unterlass von Meinem aufgebessert und bereichert wird, um dich bewusst zu Mir hinanzuführen. Ohne diese Wende macht es für dich wenig Sinn mit noch so vielem Eifer kreuz und quer zu fahren. So kommst du nicht voran derweil Besonnenheit auf Mich und Meine Züge, derweil es dir bestimmt ist der Meisterschaft im Laufen wie im Sein, voll Elan gar schnittig in die Herrlichkeit des Herrn zu schreiten. Diesem Wandel sollst du dich vergeben, um damit den Kreis der Vielverehrten und Verklärten wahren Menschentums und Wachsens beizutreten. Glücklich ist wer nie vergisst und was er in Mir ist bestätigt sonnenhell und wunderbar.

5.17

Die Postmoderne ist für Zünftige besonders dazu angetan dem gottgeweihten Seinsbewusstsein auf die Spur zu kommen. Du gestehst dein Lahmsein vor Mir ein und beginnst in weiterführenden Sequenzen voll und ganz in *Meinem* Sinne zu agieren. Es ist Mein Traum und soll im Künftigen auch deiner werden, dass die Seins-verwandtschaft aller Menschenwesen voll zum Zuge komme und sich in der liebevollen Zartheit äussere mit der sie sich begegnen. Dann fühlt sich niemand mehr allein, weil er sich allezeit von Freundlichen umgeben weiss, die ihm in Zeiten der Notwendigkeit zu helfen wissen. In dieser Perspektive wird das Leben erst so richtig schön, denn die allgemeine Herzlichkeit und Wohlgesinntheit lässt die ganze Welt in Frieden ruhn, derweil die Menschen unbesorgt und glücklich, hilfsbereit und sicher ihren Handel treiben.

Es vollzieht sich ein enormer Wandel hin zu Mir, der Ich in den seinslebendigen Gemütern gegenwärtig Bin in vollen runden Zügen. Das weckt die Begeisterung am tätigen Vollbringen überragender Gemeinschaftswerke, die vor der Weltgemeinschaft ihren sagenhaften Glanz entfalten. Mein Geniales steckt in ungezählten Menschenköpfen, dessen Offenbarung Werke zeitigt von gewinnender Erhabenheit und kunstvoll ausgebreitetem Erlaben. Die Künste jeder Art sind unbehelligt am Florieren und die dargestellten Szenen wecken Seinsbegeisterung und Wohlgefälligkeit am Leben. Des Schaffens wie des Feierns gibt es nie zu viel und alle finden sich zur brandenden Geselligkeit zusammen, die ihnen Kraft und Freude, Wohlgemutheit und Glückseligkeit beschert. Ihr Sein ist ein bewundernswertes Kommen und Vergehn und Wiederkehren mit der Sicht auf noch vollendeter und ausgeprägter, zielbewusster und begeisterter zu werden. So ertönt die die Lebens-, Liebens- und Begleitungsmelodie in allen freudigen Gemütern, die ihr Dasein auf's Intimste, Liebenswerteste und Gottgefälligste verstanden haben. Sie *sind* und sind sich Meines Ebenbildes Grazie und Überschwänglichkeit bewusst geworden.

5.18

Die Gottheit hat sich namenlose Liebe, Seinsgerechtigkeit und Frieden zugelegt und schwingt in einer Grazie und Wohlbewusstheit ohnegleichen. Sie hat sich selbst gefunden und vereint mit allen Wesen seiner Selbstgefälligkeit und Sitte, liebevollen Sorglichkeit und Loyalität. Das ist nun das Paradiesische an sich, das es sich seit Urgedenken im Unendlichen erträumt und was es nun verwirklicht sieht auf allen Ebenen des Seins, des Wachsens und glückseligen Erblühns. Wie kannst du da noch hilflos und bedrückt beiseite stehn? Du wirfst dich in das Freisein vielgestaltiger und meisterhaft geführter Episoden, die aus dem Verwandelt- und Erhabensein den allergrössten Nutzen ziehn. Was soll das heissen, wird der Nächste dich und deinen Hof voll Eifer zu belehren suchen. Nichts als der Ausdruck reiner Freude am

Bewusstsein der Unendlichkeit, in der Ich Bin und lebe, und nach Unendlicherem strebe.

Das klingt nach Geisteswohlfahrt im Quadrat und muss in alle Welt hinausgesungen und auf's Tunlichste verbreitet werden. Alle Grenzen haben sich in Minne aufgelöst und das Begrenztsein ist ins Unendlich zurückgewichen und hat sich schliesslich vollends aufgelöst. Was du dir je erhofftest hat sich nun im Tempel deines Hierseins schicklich eingefunden und wovon du redetest ist grandioserweis in die Verwirklichung gestiegen.

So ziemt es sich, dem was sich selbst verwirklicht hat den allergrössten Beifall wie die Ehrerbietung zu erweisen die ihm denn gebührt und die das A und O ist des bewundernswerten Reüssierens. Es beginnt ganz unten und will hoch hinaus und kann selbst das Höchste noch mit Anstand und Begeisterung bewältigen. Was muss sich da für ein Glückseligsein im traulichen Gemüt verbreiten, wie liebenswert hat sich die Grazie des Himmels über alles, was geworden ist, gelegt. Es strebt und ruht und ruht und strebt in einem einzigartigen Sich-selbst-Erfinden und bewegt sein Herzblut für Äonen die da kommen und vergehn.

5.19

Es ist ein gutes Quantum an Gelassenheit für dich vonnöten, um alle Lebenskapriolen und Verwindungen mit Würde zu bestehn. Um das zu leisten heisse Ich dich herzlich im Verein der Seinsverklärten und -verbündeten willkommen. Du bist damit zu dem ernannt und graduiert, was die Menschen mählich sein und wirken sollen. Es weht der Wind der Tapferkeit und Überlegenheit in ihren Reihen und hinter ihnen blühen Land und Leute auf, um ihren freudestiftenden Vorübergang auf's Innigste zu preisen. Ihr Agieren hat mit Meinem alles nur Erdenkliche zu tun, weil es

Meinem Willen, ebenso wie Meiner Absicht, haargenau entspricht, das heisst: identisch ist dem Meinen.

Alles von dir im Lebenslauf erwartet wird ist folglich Mein Erwarten, und deine Züge nehmen in der Folge vieler Inkarnationen Meine an an Menschengöttlichkeit nicht mehr zu überbieten. Wer sagt, du seiest was du Bist, hat offenbar den Nagel auf den Kopf getroffen und darf sich der Erkenntnis rühmen, die ihm von Mir zugehalten worden ist. Verbindung zu dem Höheren zu pflegen stilisiert sich ohne weiteres zu einem Freudenfest von allerhöchster Qualität und liebevollem Klang, der aller Zartheit Mutter ist und würdiger Gespan.

Hier scheint sich alles, so wie es denn *ist,* in's Offensichtliche zu schmiegen, doch hinter ihm ist Mein Agieren unumgänglich aus der Welt heraus in der die Geisteskräfte dominieren. Nicht das irdisch Aufgemachte und Vergängliche ist wirklich, sondern Meines Geistseins himmelweite Überlegenheit, Kapazität, Gewandtheit wie die liebevolle Sorge um die Meinen. Das ist was wirklich zählt gerade auch für dich verbindlich und legal und soll dich hell begeistern und befeuern für das Gotteswerk das dir obliegt voll Eifer zu vollbringen. Du bist wie Ich das Mahnmal deiner selbst im Aufwall und Gelingen, in der Einheit aller Seinsgegebenheiten und Gelegenheiten gut zu sein im Wesen deiner göttlichen Natur.

6

Geliebte und Beförderte des einen Herrn

6.1

Einsamkeiten können dich nicht mehr berühren, wenn du Meiner sichtig und gewahr geworden bist in deiner menschengöttlich aufgefächerten und triumphalen Attitüde. Du bist Mein Werk und bist zugleich das Deine in der Sicht auf was Ich Bin in dir und deinem Weltsein. Versuche deshalb, Meinen Einfluss auf dein Wesen haarklein zu begreifen und daraus für dich und deine Welt die rechten Schlüsse und Bedeutungen zu ziehn. Du kannst dich ruhig von Mir leiten lassen im Bewusstsein Meiner Huld und Güte gegenüber dir, die Ich seit deiner Seinsvereinzelung getreulich walten lasse. Konkret gesagt ist Mein Empfinden vollumfänglich deins geworden in der liebevollen Art mit der Ich mit dir handle, um deinem Dasein Würde und Glückseligkeit aus erster Hand und Heilkraft zu vergeben.

Ohne Beispiel sind die wesenschaffenden Gedanken, die Ich dir weihte, schon seit dem Beginn gewesen. Sie haben dich geformt in jedem Detail deiner wunderbar gelungenen Synthese zwischen Geistkraft und Materie, Irdischem und Überirdischem, sowie dem Sein an sich in dessen Einung sich schlussendlich alles findet was da *ist* und werden wird in der Unendlichkeit der Evolutionen. So wichtig ist es für dich zu erfahren mit welcher Überlegenheit und Unnachgiebigkeit Ich seit Urzeiten an dem Weltenwert gestaltend und gewinnend operiere. Es hat sich alles so geformt und ausgewachsen, minimalisiert und potenziert, wie Ich es Mir vor das Bewusstsein hielt nach Meinen grandiosen Idealen. Selbst dein Freisein in Bezug auf neue Dispositionen ist in Meine Universengeste einbezogen und begleitet und bereitet Mein unendlich wirkungsvolles Los. Hast du auch in vielerlei Belangen Narrenfreiheit, so liegt bei Mir das allererste wie das letzte Sagen in den kosmischen Dimensionen. Wachsend bist du wie ein Kern in dünner Schale und bist zusammen mit der Erdenwelt der Keim für neuentstehende sich ins Unendliche verbreitende

Bewusstseinsgraduationen, ob deren Lichtheit und Gewandtheit, Seinsbegeisterung und unerschöpflicher Gestaltungsfülle selbst die Götter sich verneigen.

6.2

Karotten pflanzen ist so nützlich, ehrbar und erspriesslich, dass es niemand missen kann und will in seiner eingebornen Bastion. Je freier jedoch einer über seine freie Zeit verfügen kannst, um so sinniger wird es für ihn, sich über sein gesamtes Weltsein mit sich selber wie mit andern auf's Verbindlichste zu unterhalten.

Je nach deinem Reifezustand sind dir andere Lösungen, plausibel für dein Seinsverständnis. Doch auf diese Weise müssen es so viele wie da Menschen sind auch sein. Ich hingegen deute aus dem Urgrund dessen was da *ist* Mein eignes Sein und kann deshalb in Meinem Urteil nimmer fehlen. Auch du wirst diese Ansicht finden, wenn du an der einen, wahren Quelle forschest, die dein Inneres durchfliesst und die Ich Bin als Ursprung allen Seins und Lebens.

Es gibt nichts Wichtigers im Weltenbund der Völker als die Einsicht in das Einssein ihrer Seinsstruktur in dem der *ist* und der Ich Bin als Fazit ihres tiefgefassten Überlegens. Dies gebiert Respekt, Verständnis und subtile Liebe zu einander, grundsätzlich und von der sonnenhellen Fahne der Gerechtigkeit am Sein und Leben überweht.

Es ist die Krönung deines Daseins, dass du wissend, seinsgerecht und gütig allem gegenüber lebst und wirkst und damit deinen Beitrag leistest zur Allherrlichkeit des allgemeinen Friedens, wie zur Vereinigung der Weltengeister in dem einen, reinen Grundsatz, dass sie *sind* genau dasselbe Fluidum der Geistigkeit, die ihnen Ursprung ist und Inhalt, Kraft und Würde für ihr Streben.

Auf der höchsten Stufe herrschen Einigkeit, und Seinsgelassenheit, unübertreffliche Bewusstheit,

Liebeszärtlichkeit und seelenvolle Harmonie im universenweiten Sinnkreis der Verklärten.

6.3

Wer kann sich besser mit sich selber unterhalten als gerade Ich, der Seiende, in allen Seinsbezirken, Mustergültigkeiten und Verästelungen Meines Wesens. Was bist du anderes als Mich will Ich dich gütlich fragen? Was gewährt dir bessere Bedingungen, Grundsätze und Verbindlichkeiten als Mein Vokabular bemerkenswerter Taten, die zu deinem wie zu Meinem Wohl den schlüssigsten und konstruktivsten Beitrag intus haben. Wie schon zu allen Zeiten ist von dir die Tat gefordert die da lautet: Schau in dich und warte und erwarte was Ich dir zu sagen habe in Bezug auf deine Wissenschaft vom Sein und Leben, die noch in den Kinderschuhen steckt bei allem was dir sonst gelungen ist in's Offensichtliche zu tragen.

Erkenne doch wieviele alte Bräuche und Behauptungen, geheimnisvolle Rituale, Gebote und Verbote dir den Weg verstellen zu einer ultimaten Seinserkenntnis, die dich mit Mir als Operator an die Spitze setzen will des Weltgedeihens und -geschehns. Es sind nicht zwei, nur einer, der die Welt regiert, perfektioniert und ausgestaltet nach dem Motto: Schönheit, Grazie des Himmels, Gotteskraft und tätiges Vertrauen in das Weltensein. Sie haben in dir wie in der universenweiten Wesensschar unbedingt zu dominieren. Von vielen ist der Weg des Wachsens zu Mir schon begangen worden, indem sie zu sich selber unbeirrt die Treue hielten und damit der Seinsgerechtigkeit genügten, die Mein Weltenziel ist, deutlich und verbindlich angeschlagen.

Wenn Ich rede spreche Ich zu allen Völkern Meine Wahrheit offenbarend, um ihr Menschsein treulich in das Höherwertige, das sie per Definition schon ist, zu führen. Daraus resultieren Weltgewandtheit, inniges Verständnis, Seinserhabenheit und Vollbewusstheit, die den

Segen und die Grazie des Allmächtigen in sich tragen. So ist das und so soll es für dich auf ewig sein im Glück der Generationen.

6.4

Grundsätze sind recht locker und bedeutsam, zuversichtlich und fragil zu definieren. Doch wenn sie eingehalten werden sollen, wird es eng in manchem brünstigen Politiker, wie auch in dir, derweil du zusiehst wie die Wasser wahren Lebens, von dir unbenutzt, zum Meere wallen. Ich aber lasse niemals ab davon zu spenden dem der Meine Kräfte anruft um mit ihnen schöpferisch und wohlbesonnen umzugehn. Mein ureigenstes Interesse ist es, Wunderbares sich verwirklichen zu sehn, derweil unendliches Vertrauen mit im Spiel ist in den Welten- wie den Menschengründen.

Meine faszinierende Devise lautet: Manche mögen's klein und andere grandios, doch davon abgesehn wird allen so geholfen, dass die Sache lebenstüchtig wird, die sie sich vorgenommen, denn an Mir soll es nie fehlen.

Überhaupt ist Mein Gewissen hinter deinem stets die Triebkraft die die Welt in ewiger Bewegung hält, und du hast ihr willig und gehörig zu gehorchen. Das Befolgen Meiner Regeln zeitigt in dir Wohlgemutheit grossen Stils sowie in Mir, dem Generator aller Seinsaffären und Verstiegenheiten, Gediegenheiten und Blamagen.

So kündige Ich dir im Grund genommen etwas Blitzsolides an, das dich begeistert, wenn du richtig mit ihm umzugehen weisst und deine Klugheit frei heraus zum Zuge kommen lässest. Mir könnte es egal sein wie du operierst, doch Mein Herzblut ist so sehr mit dir verbunden, dass es im selben Rhythmus schlägt und dabei stets Erfolg und Freude will kreieren. Du nimmst und hast am Ende mehr zurückzugeben, du gewinnst und sicherst dir damit ein Übermass an Lebenswonne, Zuversicht, Begeisterung und Seinsgenügen. Das ist

Mein permanentes Credo und soll auch das Deine sein in wunderbarer Eintracht mit Mir in perpetua.

6.5

Auch dir ist es gegeben die Balance zu halten zwischen dem zu klotzig und zu mikerig in deinen weltweit angesetzten Dispositionen. Schau dir selber besser auf die Finger, trichtre Ich dir ein, damit du nicht beständig in die Messer läufst von eigensinnigem Begaben. Bist du bereit aus diesem Ratschluss die besonnene Bilanz zu ziehn, wirst du bemerken wie dir Hilfe zukommt aus den oberen Gefilden, die von Mir beherrscht und angetrieben sind in gottgesegneter Manier.

Du lässest manches regelrecht auf sich beruhn, was früher von dir angefacht und aufgepäppelt worden ist, zu deinem wohlverdienten Schaden. Nun aber hast du, was sich ziemt, zutiefst begriffen und gebärdest dich wie ein galanter Gentleman im Austausch mit den vielen. Dein stetes Möchtegern ist vom Gedanken an die Nützlichkeit begleitet, sowohl für dich wie für die anderen, die in demselben Rang und Rufe stehn. Dein Tun soll zwischen Herz und Sinn im Equlilibrium verlaufen, damit das Seinsharmonische zum Zuge kommt, das Ich dir mit auf deinen Inkarnationenweg gegeben.

Was trägst du bei zum Wohl der Welt, will Ich dich gütlich fragen? Es soll nicht mehr sein und nicht weniger als dein Bemühn um Selbsterkenntnis, Seinsbewusstheit, wie gehörige Gewandtheit in der Sparte Liebenswürdigkeit dem andern gegenüber, sei es noch so menschlich oder seinserhoben ins beglückende Universal. Du magst es drehen wie du willst, am Anfang wie am Ende gibt es nur das Deine, das Ich Bin und das du Bist, in der gestalterischen Fülle die das All belebt, bewegt und in ihm seine grandiosen Geisteskreise zieht. Dabei ist alles regelrecht im Keimen auf dem Weg zum pflichtgemässen Wachsen an sich selbst wie an den Lebenswelten die für alle Zeit zur Einheit allen Seins gehören. In diesem Meinem Milieu sind Ordnung, Harmonie, Glückseligkeit und Seinsbewusstheit gross geschrieben, ohne Zweifel auch für dich und dein unendliches Gehaben.

6.6

Der Glaube macht nur selig, wenn er auch begleitet ist von der Erkenntnis der Gottseligkeit in deinem Herzen. Du glaubst und weisst zugleich und hast damit den Vogel abgeschossen in Bezug auf gotteswürdiges Benehmen, Sein und Haben in der Geistwelt die Ich so bodenständig propagiere. Immer bist du auf dem Weg der Einsicht in Mein Wesen, immer besser kennst du Mich und damit dich in deinem innersten Skriptorium, Verhältnis und Gemach. Du willst in Würde und Gelassenheit, Anständigkeit und Wohlfahrt existieren und unterziehst dich damit der Tendenz gemächlich von Mir wegzudriften. Das beginnt Mich leis und listig zu verstimmen, weil es Meinen Weltbegriff zuwidersteht und Meiner Ansicht von des Seins umfassender Gebärde. Daran versuche Ich auf sehr subtile Art dich Mir geneigt zu stimmen, wie man Instrumente stimmt, damit sie rein und sinnbeglückend klingen. Voll Zartheit fasse Ich dich an und gewinne dich im Zeitenlauf für Mich und Meine Seinsideen, die das Nonplusultra sind gemeinschaftlichen Lebens. Sie sind das A und O der Freude, deren Funken in dir wachsende Gottseligkeit und Harmonie, Weisheit und Entschiedenheit bewirken.

Du magst in die Welt hinausproleten was du immer willst, die Wahrheit über allen Seiens Sinn besitze Ich, und es vergeht kein Tag und keine Stunde ohne dass Ich lächerlich und unbeholfen finde, was du glaubst vom Weltensein an sich herausgetüftelt und auf's Feinste destilliert zu haben. Deine Unbeholfenheit in Sachen Sein und Leben sinngemäss und stark nach Höherem zu streben kann Mir nicht entgehn und somit will Ich dir dabei behilflich sein, dein Dich-Begründen auf das

Meine zu verlegen. Bist du so, so lodern endlich dir die Freuden auf, die himmlischer Begeisterung entspringen und die dein Mensch- und Gottsein schliesslich zur Vollendung stilisieren.

6.7

Eine Wende nimmt dein Lebensministerium im täglichen Bedarf an neuen Gütern, wenn du auf Mich stössest bald in Demut, bald in fordernder Manier. Du siehst dich unverblümt begleitet und belehrt von einer Geisterschar, die weiss, und die für deine Seinsbelange nur das Allerbeste will in deinen schicksalsschweren Erdentagen.

Im Bewusstsein dieser Perspektive nimmt dein Dasein unwillkürlich weltumspannende Dimensionen an. Du bist konkret und folgerichtig mit dem All verbunden, das in Mir sich selbst gehört in der verehrenswerten Einheit Meiner Züge. Lass diese Meldung nicht auf sich beruhn, gelehrter Lehrling Meiner Offenbarungen, die an Tiefsinn nimmer überboten werden können. In dir nimmt Meine Einheit Vielheit an und bleibt doch was sie ist: soweit Ich schaue habe Ich in den bewussten Myriadenschwärmen Mich zu zähmen. Eine Andacht höherer Gewissenhaftigkeit befällt Mich ob dem Anblick Meiner Universengrösse, der nichts auslässt bis zum Äussersten in das Ich Mich allraumend liebevoll hineinbegebe. Kannst du das mit Mir erkennen kommt dich ohne Weiteres dieselbe Ehrfurcht an und setzt in dir ein Zeichen tiefen Seinserfahrens.

Es müsste keiner blind sein gegenüber Meinen Herrlichkeiten, wenn er nur geruhte seine Geistesaugen aufzuschlagen, um endlich seines Daseins wahren Sachverhalt erstaunt und würdig zu gewahren. Sowie das vielbewährte Meditieren über Meine Geistwelt allgemein geworden ist, verschwinden alle Animationen zwischen einzelnen und ganzen Völkerscharen und verwandeln sich in Achtung, Wohlanständigkeit und spontane Hilfsbereitschaft, seelenvoll, wahrhaftig und global. In

Meiner Einheit ist das Sternenall zum Inbegriff der Faszination und Vielgestaltigkeit geworden, um dann in Meiner stillsten Stille die Glückseligkeit des Seiens in Erhabenheit und wonnevoller Ruhe zu geniessen.

6.8

Was Seelentrost und Lebensfreude sind das brauche Ich dir nicht zu sagen. Es glänzt Mein Sein gewiss und liebenswürdig auch in deines Herzens Weiten und verwandelt es in einen Tabernakel himmlischer Natürlichkeit von unermesslichen Dimensionen. Wer wollte nicht mit solchem Reichtum, solcher Wohlgefälligkeit und Zelebration begabt sein, kann sich jeder gütlich fragen? Dabei *ist* er es und kann es aus gewissen Gründen nicht in sein Bewusstsein heben.

Im Zug der Evolution verschieben sich die Fortschritte der einzelnen Begründer ihrer eigensinnigen Gelüste, Neigungen und Lebenstheorien und weisen sich bis dato recht verschieden aus in ihren sprossenden Natürlichkeiten. Das Bewusstsein von sich selber jedoch sollten alle einmal voll Begeisterung erreichen. Auf welcher Stufe Bin Ich angelangt, beginnst du dich zu fragen? Da tönt in dir die Mahnung: Streng dich besser an, im Reich der Güte und Gelassenheit, des Seinsbegreifens und der Liebenswürdigkeit bemerkenswerte Resultate zu erzielen. Auf einmal weisst du, dass du Bist und trägst dich damit in das Buch der Weltenweisen ein, in dem vor allem die bescheidenen, geduldigen, vertrauensvollen und gutmütigen Gemüter eingetragen sind. An dir ist es, den rechten Part zu wählen in dem grandiosen Spiel, das sich durch Äonen hinzieht in dem unerschöpflichen und unermessnen Brausen, Sausen, Kratzen, Jubilieren und Die-Welt-in-ihrem-Sein-auf's-Trefflichste-Begreifen.

Bist du von hohem Seelenadel und zugleich ein Muster an Genügsamkeit und Seelenaugenfrische, kann Ich dir die Pforte zur Glückseligkeit Elysiens erschliessen und dir damit Eintritt in das höchste Seinsgefühl gewähren. Damit sind auch deine ausgezeichneten Ambitionen und Verbindlichkeiten glasklar definiert. Sie werden dich mit Sicherheit in Meine seinsglückseligen Gründe und Allherrlichkeiten führen.

6.9

Hast du das begriffen was Ich dir schon seit Äonen auf das Trommelfell geträufelt habe, zu begründen deines Herzens Wohl? Es steht dir schlecht an, dich gleich einem Raubtier auf der freien Wildbahn zu benehmen. Zu Höherem bist du geboren als zur schieren Hungerstillung und Befriedigung der Triebe, die dem Fortbestand der Menschheit Pate stehn. Du bist dazu berufen, Meines Schöpferwillens Genialität und Kunstgriff ohne Ende fortzuführen, schöpfend aus der Fülle reiner Fantasie, die Energie dazu gewinnend aus der Erde Wundergaben. Jeder hat auf seine Art zum Ganzen beizutragen, sei es in Profanem oder hochqualifiziertem Stil. Gelassenheit, Freigiebigkeit und Nächstenliebe sind dazu vonnöten, damit es allen wohl ergeht in ihrem Sein und Streben. Deine Absicht soll stets lauter sein, mit sanfter Redlichkeit begabt wie mit dem Willen, dem allgemeinen Wohlbefinden wunderbare Dienste zu erweisen. Erkennen sollst du, dass dem Weltgeschehen ein bewundernswerter Wille innewohnt, der Meine, an dessen Zügeln die Myriaden, ohne es zu wissen, angebunden sind. Sie leiten die Geschicke einer Menschheit höchster Qualität, Bewusstheit und Erhabenheit entgegen. Dem Einzelnen jedoch ist in Bezug auf sein Betragen voller Freisinn zugestanden, was dazu führen kann, dass Meine weltenklugen Weisungen missachtet werden in den selbstgefälligen Gemütern. Das führt zu Ungleichheiten in der Lebenslage, die Bestürzung, Armut, Krieg und Elend zeitigen. So wassersanft Mein Wille wirkt, er wird der Seinsgerechtigkeit und Herzensgüte, Überlegtheit und

Gewissenhaftigkeit zum Durchbruch und Triumph verhelfen. Die Völker werden sich zur Gottgefälligkeit vereinen und das Ganze, das du Bist, wird unbedingt zum Durchbruch kommen. Was Ich Bin und was du Bist hat eminenterweise Vorrang und gebiert schlussendlich seelenvollen Takt und seinsgerechten Frieden.

6.10

Das wahre Kapital ist von Mir in das Bewusstsein deiner selbst geflossen, um dich mehr und mehr zu einem Wesen unbedingter Menschengottestreue und Gerechtigkeit am Sein zu stilisieren. Du würdest es kaum glauben wie viel genialische Geschicklichkeit vonnöten ist, um ein Wesen, so wie du es bist, mit allen Details und Subtilitäten zu kreieren. Der Wissenschaft bereitet es noch immer allergrösste Schwierigkeiten dein Wesen integral im Fleisch und Blut wie in den geistigen Bereichen darzustellen. Auch die Hüter der religiösen Bräuche und Beglaubigungen verstricken sich nur allzu oft mit ihren Definitionen in markante Widersprüche, weil sie noch nicht fähig sind das sich Verändernde, Evolutive in ihr Weltbild einzufügen. Nur sehr wenigen gelingt es ihren Blick rundum zu richten und zu konstatieren wie das Leben wirklich ist in seiner so komplexen Schöne.

Dabei muss der Mensch nur eines allertiefst begriffen haben nämlich, dass er *ist* und dass sein Wirkliches vom Allerhöchsten, das Ich Bin, beseelt, durchtränkt und für sich eingenommen ist in seiner allumfassenden Regie. An das Es gebunden und mit ihm vermählt zu sein verschafft dem Menschenwesen das so viel ersehnte Freisein von der Masse der verlockenden und vielversprechenden sublimen Weltlichkeiten, die ihn in's Abseits von Meiner überragenden Doktrin und Heilkraft führen wollen.

Ich allein Bin alleweil der Anker und die Rettung für die Vielen die noch in der Unbewusstheit wie im Meere schwimmen und von allmächtigen Wogen hin und her geworfen werden. Ich aber Bin ihr Pol und ihre ruhige Bestimmtheit die sie aufrecht hält um sich am Morgenstern der Weisheit und der Lebenskraft, der Liebe wie der Zärtlichkeit in's rechte Bild zu setzen und an ihm schlussends in Wonne zu vergehn. Bedenke dies und halte es für immer wohlverwahrt in deinem Herzen für dein ewig, unvergänglich Wohl.

6.11

Augentrost und Herzensfülle sind die Elemente die dich unablässig in den Wohllaut Meiner Gegenwart und Grazie bewegen. Hier hast du dich um Nichts zu kümmern, währenddem Mich alles was da *ist* zutiefst berührt und Mich zum Handeln animiert in grandios gewissenhaften Zügen. Mein Lächeln ist das Lächeln eines Grandseigneurs mit überwältigend geschliffenen Manieren, Mein Reüssieren der Beginn, wie das urewige Bestehn der Weltenschönheit, die unendlichen Geschmack und zauberhaften Edelmut verrät. Nun liegt es ganz an dir, genau so wohlgestalte wie plausible Dinge zu kreieren, die den Zauber Meiner Welt bis in's Unendliche verbreiten. Du Bist wie Ich der Weg, die Wahrheit und das Leben, weil Ich dich Bin in galanter Ebenbürtigkeit und Himmelsgrazie im unablässigen Mein Sein verströmen.

Schaust du genau und gütestrahlend hin auf was Ich für das Universum Bin und auch für dich in corpore bedeute, so fühlst du dich in einem Ein- und Einigsein von weltumspannender Gewähr auf's Köstlichste geborgen. Da gibt es nicht das Mindeste zu deuten am perfekt gelungenen Design für alle wohlbedachten Güter, die seit Anbeginnen unter Meinem, dem allmächtigen Sein entsprungenen, bedeutungsvollen Schutze stehn. Du beginnst zu ahnen, mit welcher Fülle du begabt bist, wenn du nur den Saum von Meinem Sein auf's Leiseste berührst, um restlos aufzutanken, aufzutauen und zu leben mit der Absicht, eine völlig neue Ära grossen Stils und überragender Bewusstheit einzuläuten.

Das alles ist durchströmt vom Inbegriff des Wahren, Schönen, Liebevollen und Galanten, das Ich Bin und das du demnach Bist in allem Ernste und mit namenloser Heiterkeit begabt, die alles was da *ist* zur strahlenden Begeisterung, Bejahung und Erfüllung führt.

6.12

Die Tradition, von Meinem Standpunkt aus betrachtet, ist ein Resümee von wunderbar gestalteten und ausgeheckten Taten. Sie befördert ohne Unterlass den Schwall von Güte, den auch du verströmst, im Hinblick auf das Sein in dem du vollends aufgehst und von ihm befruchtet wirst im Nonplusultra deines gütestrahlenden Genies. Ich nenne dich verehrenswert gefiedertes Kaliber und desgleichen hochgeschossnes Kapital, dem alles, was gewünscht wird, auch gelingt in strahlender Vorzüglichkeit von Meinen Gnaden.

In der Ferne seh Ich eine unité de doctrine von dem Menschenvolk Besitz ergreifen, die Verständnis schafft, Kollaboration und fremdenfreundliches Gebaren. Die Erde ist zu klein als dass es sich die Eingebornen leisten könnten, kriegerischen Ambitionen nachzuhängen. So viele horten sich zusammen um ihr Gegenüber kurzerhand und kurzen Hirns zum Feinde zu erklären. Die Machart wirkt sich auf die Dauer seinsverheerend aus und wird von Mir mit allen Mitteln hintertrieben. An Meinem Tische werden nur Vernünftige und Kollegiale zugelassen, welche Einsicht pflegen und dem Ganzen, Zukunftsträchtigen, Priorität, Glaubwürdigkeit und unendlich gütestrahlende Realität zugute halten.

Du kannst dir ruhig noch ein zweites Mal die Botschaft hinter deine hochgestellten Öhrchen schreiben, dass das Meisterhafte, das Ich vehement vertrete, ohne jede Zweifels Spur zum Durchbruch kommt in der Ägide der Gewissenhaftigkeit am Weltenwunderwerk das Ich zu solcher Blüte aufgetrieben. Hast du dich für Mich entschieden, kannst du nicht im gleichen Atemzug auch gegen Mich agieren. Du bist zum Lamm geworden in der Gottesherde, die Ich durch die Länder und die Millionenstädte treibe, um der Güte des Allmächtigen zum Reüssieren zu verhelfen. Das verleiht auch dir des Seinsgedankens Flügel und beherbergt dich für alle Zeit in Meinem gottgesegnetem und liebevoll gepflegten Wohl.

6.13

Kranzturner sind bei Mir besonders farbig und beweglich angeschrieben, weil sie der schweren Schwerkraft leichterdings zu trotzen scheinen. Auch du hast dich in Meinen Rängen wie ein Riesenwellenreiter frohgemut zu etablieren, worauf sich ganze Generationen ein erstrebenswertes Vorbild zu Gemüte führen sollen. Somit hast du dich, von dir aus angesehn, als Muster aller Muster zu bezeichnen, derweil du doch von Meiner Warte aus Mein Nachbild bist mit allen genialen Funktionen. Du trägst das Siegel Meiner Installation im Weltbild, das Ich so kraftvoll, vehement und silbenschwer vertrete. Du kannst Mir ruhig glauben, dass Ich stets gemäss der Schrift gehandelt habe, die, bevor du warst, bestanden hat im Über-Meine-Geisteskraft-Verfügen. Nur allgemach sollst du Mir nahe kommen, damit du deine Flügel nicht versengst an Meinem Lichte vor sie selber Licht geworden sind und Zärtlichkeit von *Meinem* Schlage.

Aus dem Überirdischen gingst du hervor in's Welterscheinen, ins Überirdische hast du zurückzufinden, indem du vorwärts schreitest, kühn und koscher, bei Mir aktenkundig und versiert als Seinsglobal. Schlagzeilen wirst du massenweise produzieren, derweil du anders bist als alle anderen und klüger handelst und besonnener als sie.

Meine Wertung von derselben Tat ist recht verschieden je nachdem der Vor- sowie der Nachsatz für sie waren. Deshalb trachte danach, alleweil in bester Kondition und vollbewusst an dir wie an der Welt zu handeln. Ständig will Ich dich als Meinen Bürgen und Galan betrachten, der aus dem Stand im Nu zur höchsten Seinsbewegtheit schnellen kann, natürlich *Meinem* Weltensein zu Ehren. Bist du gehörig wach so kannst du unter Meinem Seinsgeschaukel noch viel wacher werden bis zum Punkte, wo du Meiner Seinsbewusstheit inne wirst in deinem Dich-wie-ein-Gottseliger-Gehaben.

6.14

Wolfswut und Gottseligkeit passen gar nicht gut zusammen und somit bist du frei heraus von Mir gehalten dich für das Eine oder Andre zu entscheiden in deinem Freundeslos mit Mir. Deine Seele ist von grossem Adel, doch lebt sie stets in der Gefahr gemein gemacht zu werden von den Kräften, die die Welt mit Lug und Bosheit überziehn. Du sollst wissen, dass sie da sind, um dein Seelensein zu stärken, derweil du ihnen widerstehst und dich damit auf Meine sichere Seite schlägst in klugem Überlegen.

Was du von Mir erwarten kannst ist wahrhaft schön und viel. Es sind die sanften Striche der Erlösung von dem Weltleid, das du täglich zu erfahren hast an dir. Du kannst es lindern in dem Mass wie du dich selbst im Zügel hältst im tätigen Erdulden wie im innigen Begreifen deiner Lebenssituation. Zudem ist es deine heilige Pflicht, an jenen Stellen, wo du Leid touchierst, kraftvoll zu helfen nach der Güte deines Herzens wie den Mitteln die dir zur Verfügung stehn.

Ich warne dich vor jedem Übermass in allen Sparten die dir unterstehn. So rasch ist ein Zuwenig oder ein Zuviel entstanden und du weisst dann weder ein noch aus an ihm. Liegt es da nicht nahe, Mich um guten Rat zu fragen, der Ich alles Bin und alles weiss in der herzinnigen

Verbundenheit mit dir. Im Grund Bin Ich der Einzige der dich voll Liebe zu den Quellen wahren Heils und Herzensfriedens führen kann in Meiner Philosophie der Weisheit und des Wohlverstands, der Grazie des Himmels wie des königlichen Herrschens über Land und Meer. Was du mit Mir auszutragen hast ist lohnend bis auf's Blut und erhebt dich regelrecht in neue, heitere und wunderbar gesellige Bewusstseinssphären. In ihnen ist der Friede Kapitän und die Gerechtigkeit sitzt Tag für Tag zu Tisch mit dir. Das Wohlgelungene von deiner wie von Meiner Seite stützt und beglückt dich immer mehr und trägt dich unfehlbar und zärtlich zu den Sternen.

6.15

Keine Sorge Ich Bin ja bei dir vom Frührot bis zum farbenschimmernden Vollzug der Sonnenneige. Bei dir sein heisst: Als Lebenskraft und Schöpferweisheit liebevoll in dir agieren. Du bist auf dem besten Weg Mein In-dir-Sein zu spüren und dir einen Reim daraus zu bilden wie bezaubernd und gediegen die Verbindung ist, die Ich mit dir und deinem Wesensein standrechtlich eingegangen. „Wenn dem so ist", sagst du, „wie soll ich mich dagegen wehren". Vielmehr steht es dir bestens an, aus der Erkenntnis dieser Wahrheit den bedeutungsvollen Schluss zu ziehn, dass alles was da *ist* des Allerhöchsten Prägung, Modulation und Sinngehalt erfährt, mit dem es immer wohlbehalten leben kann im geistdurchfluteten Allhier.

Deine Wände haben Ohren, bessre als du dir je verschaffen könntest. Die sind auf Meinem seinsprofunden Grund gewachsen und vernehmen alles, was dir in's Gemüte steigt, als Wohllaut oder Missbehagen. Du kannst Mir glauben, dass Ich jederzeit beflissen bin in deines Daseins Problematik Remedur zu schaffen akkurat deswegen, weil ich selbst damit auf's Innigste betroffen bin. Ich und du sind immer schon zur

Einigkeit vereint gewesen, da gibt es nichts zu mängeln oder mit Bedenken zu versehn.

Wird dir diese Seinsphilosophie allmählich schmackhaft und plausibel, wirst du sie auf's Tunlichste verwerten als das Nonplusultra deiner Lebenshaltung und Gewissenstheorie. Du gewinnst was schmackhaft ist und darfst dich rühmen, sicherlich den besten Teil erwählt zu haben von den vielen Prächtigkeiten die dir um die Nase tanzen. Empfinden musst du was dir frommt und in Bewegung setzen was dir nottut, um dein Wesen in das rechte Licht zu setzen vor und hinter Mir, versehen mit den wunderbarsten Gloriositäten.

6.16

Jeder Anknüpfspunkt an Mich ist schwer zu finden, doch dann verhilft er dir zum zukunftsträchtigen und wunderbar beseligenden Tun. Was du von Mir zu glauben hast ist unauslöschlich in dein Herz geschrieben. Es befruchtet deine Fantasie in hohen Masse, damit du Mich mit Tausend Namen rufen kannst um Mich zu bitten, loben oder tadeln bis zum gehtnichtmehr. Irgendwann wirst du erkennen, dass du mit dem Gottesruf dich selber ansprichst, der Ich dich Bin und der auf diese Weise leichterdings Allwissenheit markiert. Alles was geschieht geschieht in Meinem Namen, doch wenn er falsch geschrieben ist geschieht daraus ein Unheil, das Ich gar nicht will in Meinen glühendheissen Dispositionen. Unehrlichkeit ist die Verdrehung dessen, was *Ich* in Wahrheit wollte. Sie ist für dich wie Mich beschämend und tut Mir sogleich und dir später ein markantes Leid an in der Seelenregion. Wie kannst du demnach wissen, was die Wahrheit ist? Indem du lauschest und in dir erfühlst ob dir etwas Schmerz bereitet oder Freude, Unmut oder Wohlgestimmtheit, einer Anerkennung frohgemut entgegen.

Du nimmst und gibst und bist dazu berufen das exakte Equilibrium zu halten zwischen Ankunft und Verlassen,

Dankbarkeit und Generosität, Wohlüberlegtheit und gemeiner Willkür im Betragen. Im Zweifel ist es besser mehr zu geben als zurückzuhalten, grosszügiger als knauserig zu sein indem du dich an Mich verschenkst mit allen deinen Liebesgaben.

Deine Sendung ist es Mehrwert und Erhabenheit in Fülle zu kreieren, so wie *Ich* es dir vor Augen halte ohne jemals aufzugeben. Noch immer ist es gültig, dass die Schöpfung eine formvollendete Idee repräsentiert an der die gottgesegneten Gemüter ihre helle Freude haben. In dem Mass wie du dich Meiner annimmst nehme Ich dich an und versetze dich damit in einen Taumel der Glückseligkeit von der die allerwürdigsten Poeten immerfort zu singen und zu jubilieren haben.

6.17

Du bist viel weniger von Mir verschieden als du's meinst, jedoch um es zu wissen musst du erst den Geistesweg beschritten haben der Ich Bin und der zu himmelweiten Windungen und Galerien sich erhebt voll Pracht und Herrlichkeit im Andersartigen. Ich vermittle dir den Ausblick in Mein Reich, indem Ich dich nach innen führe, wo das Schweigen dominiert und wo die allerreinsten Wasser der Alleinheit fliessen. Meiner Lichtheit ist es zu verdanken, dass die Himmelstrahlen Schönheit angenommen haben und der Sonnenwind die Universenweiten küsst im feingefächerten Berühren.

Du nimmst teil an Meinem Mich-Verteilen ohne je das Fingerchen dazu gerührt zu haben. Alle Gnade kommt Mir zu die liebvoll sich verströmt im mütterlichen Wohlbetragen. Welche Wärme, welcher Geist des Friedens und der Harmonie verbreiten sich von Stern zu Stern, vom Wohnort grandios gewordner Geister bis zu deinem, als ein Keim Gesetzter in den vielbewunderten und vielgeschmähten Geistessphären. Er wächst und wächst mit dir und allem was da *ist* bis zur Allherrlichkeit hinan und anerzieht sich Meine Züge und Mein allgültiges und einigendes Ideal.

Hast du Mich und Meine Kompetenz im Andersartigen zutiefst erwogen bleibt dir nichts übrig als ein anerkennend und verehrend Herzgefühl. Du begreifst auf's Lukrativste was es heisst mit Mir geselligen Umgang und Gewissenhaftigkeit zu pflegen. Es spriessen daraus Röslein der Gerechtigkeit am Sein und Leben, die streben nach der Allverbundenheit in lichtverklärten Regionen, Mir wie dir geweiht und in Bewusstheit, Fabelhaftigkeit, Glückseligkeit und himmlischer Befriedung wahrgenommen.

6.18

Was du Bist im Bund der Sterne will Ich dir auf's Herrlichste und Liebenswerteste erklären. Um Meinen Kodex jedoch zu begreifen ist es dir aufgegeben, dich voll Wissbegier in Meine Denkart zu vertiefen, die sich in hocherhabnen Geistesregionen abspielt Mir zu eigen. Es geht Mir um Prinzipien und nicht, wie dir, um Eigenartigkeiten. Der Mensch an sich wird aus der schöpferischen Fantasie heraus geboren mit dem Auftrag sich nach eigenem Ermessen zu entfalten, so weit, so lange, so gewissenhaft und so konstant bis er Mir ebenbildlich, respektabel und vertraut geworden ist in glückverströmender Manier. Dieselbe Basis für das Menschenwerden ward von Mir vor aller Zeit in jedes einzelne der Individuen gelegt in Myriadenstärke, demnach auch in dich mit denselben Chancen, Fähigkeiten und Gewinnanteilen. Was du heute Bist hast du dir selbst erworben oder auch verdorben auf der ungeheuren Wanderschaft zu einem höchst erstrebens-werten Ziel. Das Ziel ist nicht ein Ende, sondern eine Geisteshaltung, die in das vollkommne Einigsein mit Mir und Meinem Seinsbewusstsein mündet. Du begreifst, was Ich schon immer in Gottseligkeit und Liebenswürdigkeit begriffen habe. Du erwachst im Licht von dem du einstens ausgegangen und zu dem du wiederkehrst in einer Wohlgefälligkeit und Seelenreife ohnegleichen. Aus diesem Zustand willst und wirst du niemals fallen, denn er ist ein Daseinspunkt von hocherhabner Majestät, Befriedung, Übersicht, Konstanz und Heiterkeit in wunderbarer Fülle und urewigem Bewahren. Du bist gerettet aus der Brandung der Verstiegenheit und hast dich Meiner Schau verdient gemacht in universenweiten Daseinsregionen. Du nennst dich „Der Ich Bin" und bist dir selber Helfer, wohlbekannter, Zärtlicher und Liebender in allen Wesen die da *sind* und die dem Einigsein und der Glückseligkeit an sich entgegenstreben.

Nur Ich der Hochverehrte Bin dazu berufen dir den Geistesweg zu zeigen, den du fabulierend, schöpferisch und seinsgediegen, mutig und gekonnt beschreiten sollst in deiner Lebenshitparade. Um das zu leisten muss Ich ständig in dir, um dich und allüberall präsent sein, damit kein Härchen irgendwem vom Kopfe fällt und kein Gedänkelchen gedacht wird, ohne dass Ich's weiss in Meiner grandiosen Schau auf alles was da *ist* und sich durch Mich bewegt.

Du trachtest stets nach Herzensfrieden und verursachst trotzdem Unruh und Gehetze, Rastlosigkeit sowie pedantisches Auf-deinem-Recht-Beharren. Das vertreibt die guten Geister, die dich dem Winde gleich im Wohllaut sonnenheller Tage wiegen wollen. So Bin Ich denn bestrebt, dein Seelensein zu ruhiger Andacht hinzuführen, wo es jederzeit sein Glück und Wonnesein geniessen kann.

Mir ist es keinenfalls daran gelegen, dir Befehle zu erteilen. Aber Meiner Weisheit Seim will Ich dir unablässig vor die Augen halten, bis du ihrem Seinsgehalt gemäss agierst und damit zielbewusst vorankommst im Verfolgen deiner Lebensstrategie. Was Ich will ist, mit dir einen Dialog zu führen der dir wahrlich nützt ist in deinem Dich-Bewähren. Dir sei gesagt, dass Meine Lebenshintergründe nach wie vor intakt sind, um das Menschenvolk in wunderbar bekömmlicher Verbindlichkeit hinanzuführen. An dir ist es, minutiös auf das zu achten was Ich dir zum Besten gebe in der Evolution der Welten, die Ich ohne jeden Abstrich meisterlich betreibe.

Unbehelligt kannst du niemals Meinen Weg beschreiten. Aber dich bewusst und willig unter Meine Führung stellen kannst du jederzeit und besonders dann, wenn du weder ein noch aus weisst in der Tücke der amtierenden Gewalten. Unter Meiner Hut ist dir Glückseligkeit gegeben, Scharfsinn und elysisch dargebrachte Geistesruh.

7

Deine Sicht auf was Ich Bin

7.1

Stark im Siegen, moderat im Unterliegen sollst du sein
damit Mein Wille sich erfüllt an dir und deinem
Fürstenhofe. Allzuviel kann Ich noch nicht von dir
verlangen, weil der Faden deiner Klugheit längst nicht
abgehaspelt ist und nicht viel weiter als zu deiner
Nasenspitze reicht, nach deinen Kindereien und
Verwerfungen zu schliessen. Wohin du schaust im
Geistessinne scheint Brachland für dich vorzuliegen das
beackert und besät und überwintert werden muss, bis in
der Folge zarte Pflänzchen daraus spriessen. Das
Geistgelände jedoch ist für dich von ausschlaggebender
Bedeutung für dein Vorwärtskommen evolutiv,
zukünftig, aufgestellt und früchtereich gesehn. Ich
schaffe das und will dich davon überzeugen, dass auch
du es schaffen kannst mit Mir im Bunde und mit Meiner
sagenhaften Seinsstruktur. Weitgedehnt sind die
Gedankenfelder deren Herr, Hofmeister und
Beglaubigter Ich Bin, und sie zu pflegen und zu hegen ist
für Mich ein Kinderspiel. Ich lasse Blitze des Erkennens
durch die Räume fahren und befruchte ihren kosmischen
Charakter mit Besonnenenheiten sonder Zahl. Sie fangen
irgendwo zu wirken an und haben die Tendenz mit ihrem
Strahlenreichtum, ihrer Seinsverwegenheit und ihrer
Schöpferkraft äonenlang zu wirken, wobei sie sich bis ins
Unendliche erschliessen.

Um Meinen Überlegungen, Verfügungen, Betonungen
und Auserlesenheiten Gewicht und Seinskraft zu
verleihen, Bin Ich gehalten, sie bewusst an Meine
Myriadenschar von Dienergeistern sachgerecht zu
delegieren. Sie sind ES und du mit ihnen Bist die
auserlesne Kompanie, die neue Werte schafft und
Fabelhaftigkeiten kaum zu zählen. Im Kontex Meiner
Seinsgefälligkeiten ist gut leben, kann Ich dir versichern
aus der Position der Geistesstärke, der Brisanz wie der
Potenz heraus die Mir und Meinem Anhang zugehören

und die der Seinsbeglückung Tore sind Unendlichkeiten zu.

7.2

In wohlgelungenen Sentenzen trag Ich dir Mein Credo vor, um dich voranzubringen und schlussends tiefinnig zu beglücken im Erfolg den du verzeichnen kannst zu deinen wie zu Meinen Gunsten. Du sollst wissen wie geschickt die Weltenkräfte sich in dir wie Mir entfalten, derweil sie sich in dialogischer Gelassenheit auf's Allerbeste und Befruchtendste verstehn. Hiermit soll dir auch zu Ohren kommen, dass du, ohne viel davon zu merken, in Mein Seinsgefühl und Mein gottseliges Gehaben integriert bist, was dein ganzes Sichten und Gehaben in der Welt bestimmt und ihm den Duktus und die Würde eines Gotteswesens angedeihen lässt. Wenn du's einmal weisst wirst du dich auch entsprechend nobel und gewissenhaft benehmen, um dir selbst wie auch der Welt gerecht zu werden im unendlichen Gespür, das Ich ihr frei heraus verliehen habe.

Zu unerhört geselliger Vereinigung mit Mir wirst du es noch zu bringen haben, damit dein Sehnen nach Erfüllung deines ewigen Seelenhungers als erfüllt bezeichnet werden kann. Erst dann kann wirklich Frieden, Harmonie, Glückseligkeit und heitere Gelassenheit in dir und deinem Seinsbewusstsein dominieren. Das ist dann die absolute Seinsverklärung, deren du wie nichts bedarfst und deren Strahlen, gleich der Sonne, vom Allhier bis in's Unendliche reichen.

Bist du im Konkreten gegenwärtig bist du's zeitgleich ebenso im universenweiten Sein, von dem Ich alles, was es so enthält, vollkommen intus habe. In diesem Zustand gibt es zwischen dir und Mir nichts mehr zu unterscheiden. Wir *sind* und haben das erreicht, was zugleich Anfang ist und Ende, Sehnsucht und Erfüllung, Gestaltung und Idol. Was Wonne ist brauchst du dann nicht mehr zu erfragen, was dich zum Höchsten führt ist alleweil getan, und was, wohin und wie dann alles weitergeht kann dir egal sein im elysischen In-dir-Verweilen.

7.3

Was sich an dir verändern soll, das musst du selber leisten. Ich kann dir nur vor Augen führen wie Ich Mich selbst verändert und entwickelt habe, unablässig, tatenfroh. Alles ist im Fluss in Meiner überwältigenden Geisteshitparade. Das Universum stellt sich dar durch Myriaden Sonnen, die sein Sein ohn` Unterlass dem Unerreichten zu durchrasen. Meine Geistesgegenwart begleitet alles, was da *ist,* auf seinem Lauf durch die Äonen und begütet es mit wunderbarer Zartheit, um der Harmonie und des ereignisvollen Friedens Willen, die Ich ständig will und postuliere.

Wie lässt sich Winziges mit Kosmischem vergleichen? Indem es sich vergeistigt und statt in den Lungen im Bewusstsein atmet, ins Unendliche gedehnt. Meine Spielart ist es allem zu genügen und ihm Freiraum zu verschaffen für sein aberwürdig Tun. Ich verzehre Mich in der Begeisterung für Grandioses wie für Mikroskopisches in die Ich Mich mit Wucht, Subtilität und unablässiger Bewegtheit majestätisch und gedankenvoll verströme.

Wo willst *du* dich in diesem Kontex sehn und wie dich an die Stelle setzen die dir angemessen ist in deinem Geisteszustand und Gehaben? Da gibt es nur ein Dich-vertrauensvoll-Mir-Überlassen, damit Ich dich dort abberufen kann und mit dem betreuen, was dir zusteht in der Wertvermehrung der Unendlichkeiten. Schöpferische Akte sind in Mir wie nichts gefragt und auch du bist dazu da um Neuerdachtes und Gewinnendes mit Andacht, Schwung und Rasse vorzutragen. So erfüllt sich das geschickte Weltenwort: Du sollst mit den Talenten spielen, die *Ich* dir in die Wiege deines Seins gelegt und sollst sie zur Entfaltung bringen nach der Regel wahrer

Meisterschaft und Harmonie, bewundernswerter Klugheit und versehen mit dem Seinsvertrauen das zu glühender Wahrhaftigkeit, Glückseligkeit und Seinsvollendung führt.

7.4

Meinst du es ernst, so geht es Mir noch viel gewissenhafter darum, dich in jedem Fall und Zirkus, Zirkular und Gradausgehn zu Meiner seinssublimen Weltsicht zu bekehren. Das hat den Vorteil, dass wir künftig seinssynchron agieren und in der Gemeinsamkeit das fertigbringen, was uns bis dato nicht gelang. Nun wird, was Ich Mir vorgenommen, voll real, das heisst: Das Geistesbild hat sich für dich in das was *ist* verwandelt und ist deswegen blanke Wirklichkeit geworden. Zu fragen ist nun was ist wirklicher? Mein gütestrahlendes Konzept, oder deine Meinung von dem was dir vor den Augen steht? Wird es zerstört, so ist Mein Urbild immer noch vorhanden, so dass das Wirkliche ihm zugesprochen werden muss im philosophischen Geplänkel, das Ich vor dir angezettelt habe. Dabei ist es von überragendem Bedeuten für dich zu erkennen, wie die Dinge wirklich liegen. Deine Welt verblasst, die Meine bleibt bestehn. Was du eben noch als festgefügt erachtetest vermodert, doch Meine Geistesburgen bleiben Mir in unverwüstlicher Manier erhalten, derweil die Deinen sich als Illusion erwiesen haben.

Ich will dich durch Mein Tun und Trachten in der Geistwelt etablieren, die unvergänglich ist das wahre Sein und Leben in allgeistiger Manier. Du pendelst hin und her und wandelst dich dabei von einem dümmlichen Banausen zum Erkenner deiner formidablen Lebenssituation. Unvergänglich ist dein Wesen von dem Meinigen belebt und angestossen und erweist sich damit als ein Element der göttlichen Allherrlichkeit. Das ist genauso wie Ich Bin im Zeitenlosen, Seinsglückseligen und Hocherhabenen, Bewussten und Begeisterten von des Universums Renommee und Namen.

7.5

Immer wieder wird die Menschenseele sich zur Welt erheben, jugendfrisch und schön. Auch die Deine kann nicht aus der Reihe tanzen und hat sich unter Meinem Duktus inkarniert, um viel Neuem zu begegnen und um frei heraus zu lernen, wie man umgeht mit der Willkür wie der Liebenswürdigkeit der Menschen. Du hast nicht allein die Lebewelt und -wirtschaft innig zu begreifen, sondern auch die himmlische, in die du wie in Watte eingebettet bist, durch's ganze, langgedehnte Leben. Was du nicht sehen und betasten kannst, soll sich in dir zu unumstösslicher und wohlgeordneter Realität gestalten, an der du dich wie nichts erbauen und erheben kannst. Keineswegs sollst du die Geisteswelt verniedlichen und gar verachten, denn sie ist der Grund, die Satzung und der Lieferant von allem was da *ist* und sich die Füsse wundläuft, um noch immer mehr zu haben.

Wo Ich hinaus will ist, dich auf den Geschmack am Ewigen zu bringen, unter dessen wohlbegründeter Ägide du dein Tagewerk vollbringst und dessen Einfluss, Sinngedicht und Strahlen dich zur Reife bringt als Mensch wie auch als götterherrliches Genie, das Ich in dir zur Geltung bringen will in wunderbar befreiendem Betragen.

Nicht per Zufall bist du so, wie du dich siehst, geworden. Ein langgedehnter evolutionenträchtiger Prozess hat dich zu dem geschliffen was du bist: Ein Diamant vor den entzückten Augen der Allherrlichkeit, die ihn mit deiner Hilfe werden liess, dem Ideal des Menschen- wie des Göttertums entgegen. In Wahrheit ist dein Sein des Seinsbewusstseins wunderbar begeisternde und hocherhabne Kapriole, die die Liebe lebt wie das glückseligmachende Vertrauen.

7.6

Was du immer guten Herzens tust ist an Mir und in Mir wohlgetan für Ewigkeiten. Die Stunde naht heran, wo du zur Einsicht fähig bist in Meines Reiches Glorie und wohlgeordnete Struktur. Da fragen sich die vielen wozu sie sich bekämpfen sollen, wo doch alle an demselben Werk beteiligt sind, die Schönheit und die Liebe zu verbreiten und sich für alles was sie *sind* als dankbar zu erweisen. Die Schöpfung wartet nach wie vor darauf, von dir und allen Gleichberechtigten in eines Paradieses-gartens Poesie verwandelt und erhöht zu werden. Das ist nur möglich, wenn die Einzelnen sich als ein Ganzes fühlen von weltumspannender Kapazität wie von Universengeistigkeit in *Meinem* Sinne und Talar. Es liegt ein ungeheurer Ernst in dieser Lage, weil nur wenige gar viel daran verderben können, wenn sie nicht in Einigkeit und Wohlgeordnetheit am selben Stricke ziehn. Was Ich Verpflichtung nenne ist für jeden, wie für dich, die unermüdliche Beförderung des Seinsbewusstseins in dem Weltenepos dem du innewohnst. Es ist darin ein Mehr zu schaffen, sowie die Übereinkunft zwischen allen von Mir eingesetzten tatendurstigen Akteuren. Mein Wille will - und Weisheit schafft er, in geduldigem und wohlbedachtem Aneinanderreihen, allen Dingen ihren Wert und ihre wohlverdiente Wohlfahrt zuzuhalten. Bist du einer von den Meinen, kann dir im Grunde deines Wesens nichts Unwürdiges geschehn, weil Ich, der Höchste, dich behütet und das Niedere und Müssiggängerische keinen Zutritt hat zu den Gefilden reinen Seins, in denen die von Gott Begnadeten und Willigen voll Wonne ihren Wohnsitz haben.

Noch heute kannst du glückerfüllt bei Mir im Paradiese sein, wenn du dich Mir ergibst und Meinem Werben um Vertrauen, liebenswürdiges Benehmen, Klugheit und Mitmenschlichkeit in herzergreifender Manier. Du trägst Mein Siegel in emporgehobnen Händen und öffnest dir damit die Tore des Elysiums in Mir.

7.7

Die Feinheit und die Reinheit sind am ehesten bei Mir zu sehn im Wunderkurenladen, den Ich schon seit Salomon auf's Wohlbekömmlichste betreibe. Diese kapitalen Werte werden auch bei dir zu finden sein, wenn du dich aufraffst, ganz Mir zu gehören. Damit handelt sich die Seele einen Auftrieb ein, der sie zu Meinen lichten Regionen führt voll Grazie und Wohlbehagen. Ungedämpft versehen dich die Gottessonnenstrahlen mit des Seins beseligender Qualität, um dich in fabelhafter Eile, bis ins Sternenglück zu tragen.

Dein elysisches Bewusstsein sieht die Welt wie neu auch von der inneren Seite an und erfreut sich damit des enormen Vorteils, beiden gängigen Aspekten wahren Seins gerecht zu werden. So wie Ich dich kenne kennst du Mich und hast es nicht mehr nötig, Mich mit Fragen über Lebenssinn und Seinsgerechtigkeit zu überschütten. Die intimsten Geistesdinge sind dir offenbar und deine Wissbegierde ist gestillt für Generationen. Nichts läuft dir mehr davon und du brauchst keinem schnelleren mehr hinterher zu laufen, denn durch Mich und in Mir bist du gefeit vor aller Not und hast damit in Sachen freier Friedlichkeit den Vogel abgeschossen.

Die Haster wie die Hasser sind in deinen Augen zu bedauern ob dem Unverstand mit dem sie sich leichtfertig aus dem Gleichgewicht geschmissen haben. Zu belehren sind sie kaum, doch kannst du ihnen Güte, Licht und Einsicht ins Gewissen strömen lassen aus der Fülle Meiner Gnaden. Die Welt braucht jeden, um das Weltenwohl so richtig zu begründen, und da sind Mitgefühl, Verzeihen, Sympathie, Grossherzigkeit und Seinsgeduld vonnöten. Alle habe Ich zum Seligsein erwählt, damit Ich selig sei, doch bis es soweit ist, muss noch viel Zukunft seine Weile haben.

7.8

Hast du gewonnen ist damit noch lange nicht gesagt, dass es in Meinem Sinne war. Zu viel noch steckt in dir Banales und Beschönendes, als dass du immer Recht behalten könntest im Vollführen deiner delikaten Taten. Mir allein gelingt es, was Ich will, mit Tadellosigkeit, intimer Eleganz und Hochsinn auszustatten, damit es in der Weltgemeinschaft sich auf's Köstlichste bewähre. Mein Ziel ist es, in Bezug auf Fortschritt, Wohlfahrt, Generosität und Auserlesenheit kein Ziel zu haben, sodass zur Fülle ständig neue Fülle tritt im Universenreigen, den Ich begeistert und geniesserisch vollführe. Dein Kleines schämt sich ob der Mikrigkeit, Lieblosigkeit, Sinnleere und Gemeinheit seiner Taten. Was jedoch an dir Meiner Grösse gleicht empfindet Hocherhabenheit und Willensstärke, Genialität und Unerschöpflichkeit ob dem was ihm gelingt in Meinem benedeiten Namen. Demnach kannst auch du gewiss vom Nimbus überzeugt sein, den Ich unentwegt in dir und weit um dich herum verbreite, der dich zu den Quellen führt Elysiens, um dich am Sein und Leben zu entzücken und dir allgemeine Wohlfahrt zuzuhalten.

Schon gewahre Ich den Glanz in deinen Augen der verkündet, welche Seinsbewusstheit und -begeisterung dich durchtost seitdem du in Mir Bist und Ich in dir in der allerwürdigsten Vereinigung die Ich mit dir vollzogen. Gottgewandtheit ist dir inne ebenso wie Meine Liebe zu den Wesen die da *sind* ein Ausdruck deiner Schöpferqualität und Meines Sinns für Schönheit, Friedefertigkeit und unerschütterlicher Harmonie. Dein Leben soll sich ohne Unterbruch zu einem Vorbild wahrer Herzensgüte stilisieren und dabei in Meiner seelenvollen Seinsgewissheit ruhn.

7.9

Dramatisch wird dein Leben erst, wenn du dich weigerst, Mich als Modulator, Dirigent und Wohlfahrtsspender anzunehmen. Bei Mir erscheint erst innerlich, was dann im Äusseren geschieht, um dich zu formen und um deiner Lebensweise den gewissen Pfiff und Wohlklang einzuprägen. Dabei kann es nicht anders sein als dass ein Allgemeines und Wohlwollendes Zusammenwirken zwischen Mir, dem Sein, und allem liebevoll Geschaffenen zustande kommt, um optimale Resultate zu erzielen. Im Grund genommen ist in alles Seelensein der Wunsch nach Frieden und Gerechtigkeit, nach Schönheit und Erhabenheit gelegt. Doch Besitzgier, Eigensinnigkeit, Rechthaberei und Wankelmut zerstören das so feingewirkte, menschenfreundliche Gewebe, das Ich über alle ausgebreitet habe. Lässt du dich auf Meinen Willen ein, so bleibt erhalten was Ich für dich zubereitet habe. Dann läuft dir alles wie am Schnürchen von der Spule und bereichert deines Daseins Kontinuität und Zauberkabinett tagtäglich um Beträchtliches zu deinem souveränen Wohlbehagen.

Das Schicksal zeigt dir recht verschiedene Gesichter: Mal schneidet es dir furchterregende Grimassen, mal gibt es lächelnd die Geheimnisse und Transformationen preis, die es genau für dich bestimmt hat im ereignisvollen Tatenbogen. Von entscheidender Bedeutung ist es immer, wie du reagierst auf all die Püffe, Albernheiten und Liebkosungen, die dir zur Freude oder zum Verhängnis werden wollen. Auf dich kommt alles an, du kannst, was immer dir begegnet, zur Beglückung oder ins Disaster senden. Das Vertrauen jedoch wendet alles noch zum Guten, das Ich für dich will und das dich in elysischen Gedanken und Gefühlen schweben lässt von Meinen Gnaden und Verheissungen, Beglückungen und exquisiten Variationen gottgesegneten Agierens.

7.10

Bist du dich selbst so Bin *Ich* es in dir mit allen seinssubtilen Sonderheiten. Mein Gottgesegnetes durchströmt die Universenweiten und verbindet, was verbunden werden soll, in unerhört gefälliger Manier. Klein mag fein sein, doch ins Grandiose integriert wird es zu einer Kostbarkeit von universenweitem Rang und Namen. In dir ist es, sowie Ich Mich in wunderbarer Weise in ihm präsentiere. Kannst du das ermessen, wird dir unendlich wohl um's Herz und du beginnst Glückseligkeit und Wonne auszustrahlen.

Wiederhole du, was du erkannt hast, Tag für Tag und mit der Überzeugung, dass es dir hilft zu Leben. Es bringt dich in die Lage innerlich zu wachsen und damit die Meisterschaft und Würde eines Gottesmenschen zu erlangen.

Ich klage dich nicht an, wenn du noch lange nicht nach *Meinem* Sinne und Erhabensein agierst, denn auch die Meister mussten, was sie sich geworden sind, in wohlgemessnen Schritten tatenfroh erringen. Nun bist du daran, durch Fleiss und Andacht dich allmählich in die Schar der Seinsverklärten einzureihen, die durch Mich, worum es geht, erfahren haben. Sie sind die Avantgarde für den hochwillkommnen Tross, der ihnen folgen soll, geworden und befruchten und besäen weiterum die Seelengründe, auf denen Liebenswürdigkeit und Seinserfahrung, Redlichkeit und Herzenswohlfahrt wachsen sollen. Auf diese Art und Weise wirst du unfehlbar zum von Mir anvisierten und beglaubigten Idol der Ebenbildlichkeit von Meinen Gnaden in der fragilen Lauterkeit der Himmelssphären. Du bist von Mir gewürdigt und in's Überragende geführt, das Ich Mir Bin und das du sein wirst ohne jeden Zweifel in unendlicher Manier. Du vertrittst, was *Ich* vertrete, und bewegst den Himmel und die Erde Schritt um Schritt nach Meinem Gusto und Empfinden, pflichtgetreu, bewusst, glückselig und auf's Äusserste agil. Du lebst die Überzeugung die *Ich* hege und hegst damit das All der Sterne, wohlbewahrt in seinselysischer Manier.

7.11

Was auf *Mich* zutrifft trifft auch auf dich zu, sowie du dich dazu ermannst, Mich zu deinem trefflichsten Vertrauten zu erwählen. Meine Haltung gegenüber deinen mannigfachen Kapriolen ist in der Zeitenfolge stets dieselbe, bodenständige und gütige gewesen, nämlich die des wohlgesinnten Seinsgefährten, dem dein Fortschritt und Gedeihen ungemein am Herzen liegt. Nun ist es an dir, gegenüber Meiner Toleranz und Wohlgesonnenheit so aufzutreten, dass eine Liaison von wunderbarer Einigkeit entsteht im Handeln, Wandeln, Reüssieren und den Kosmos als ein geistbelebtes Fabulosum anzusehn.

Wer sich mit unerhört geschmeidigem Vertrauen Meinem Hochsinn und Verfügen hingibt, hat das Beste, was es denn zu tun gibt, redlich und gewissenhaft getan. Der Vorteil ist immens, den er sich damit ausbedungen, denn sein Leben widmet sich fortan dem höchsten zauberhaften Ziel.

Reden nützt in diesem Fall nicht viel, dezidiertes Handeln jedoch bringt Erfolg in allen Sparten deines Über-dich-Verfügens, so als ob es Meine wären. In der Tat verursacht die Vereinigung mit Mir einen Gleichschritt ohnegleichen, der für dich zur Seinserhabenheit und Geistesgrösse, konzertanten Tradition und Menschenweihe führt von überragendem Bedeuten. Du gefällst dir bestens in der Rolle des verklärten Meisters über alle deine seinssubtilen Angelegenheiten. Jugendfrisch und ungemein entspannt sind deine Züge, so dass sie allseits Liebe und Bewunderung bewirken. Du gleichst dem wahren Menschen, der da will in der Gottseligkeit und Heiterkeit des Himmels leben. Nur Tröstliches und Auserlesenes ist noch für dich vorhanden und du gesellst dich schweigend in die Reihen derer, die das wahre Sein erkannt und in sich eingemittet haben. Selig macht der Glaube und noch seliger die Seinsgewissheit in den Geistessphären.

7.12

Das Bedingte ist in *Meiner* Perspektive ebenso als unbedingt, wahrhaftig und gottselig zu bezeichnen, so wie *Ich* es Bin mit allen Meinen silberhellen Qualitäten. Völlig unbescholten weiss Ich Mich allezeit in reinem Sein zu halten, dessen Wohllaut selbst in Universenweiten nie verebbt und das in wohlbedachtem Einigsein glückselig in sich selber ruht, Unendlichkeiten preisgegeben. Engagiert betrachte Ich das Schöpfungswunder kosmischer Natur, als dessen Wesen Ich Mich liebevoll erweise indem Ich sein Geäder, seine Qualität und sein äonenlanges Leben Bin in meisterhaftem Aneinanderfügen. Ich erlebe Mich sowohl im offensichtlichen wie auch im geistgesättigten Universalen und erhalte Auskunft über Mich aus allen Regionen des bewussten Seins, in das Ich Mich verströmt und ausgegossen habe. Im Hauch der Zartheit, den Ich um Mich webe, rühre Ich das minikrime Erdensein behutsam an und betreue seine irdene Substanz genauso wie Ich auch die Geisterschar betreue die es liebevoll und lichterloh umschwebt.

Das Welten- wie das Universenschicksal liegt in Meiner Weisheit Händen und beschäftigt Mich und Meine Herzlichkeit am Rande Meines integralen Seins, in dessen Fülle Ich Mich unablässig und begeistert bade.

Mir ist ein jedes Wort auch ein bedeutungsvolles Hier, in welchem Ich Mich bald zum Denker, bald zum intensiven Fühler stilisiere. So auch im Gewand der Einheit unbedingt in dir, Geschöpf der Andacht und der Grazie des Himmels, der sich zu dir neigt und der Ich in dir Bin, bewusst, vertrauensvoll, glückselig, völlig unbeschwert und seinsgeladen.

7.13

Ich erhebe Mich im Atelier der siebentausend Künste auch in dir zu Mir und lasse dich, wenn du nur willst, im Himmel der Gerechten, Urständ feiernd, schweben. Es braucht für dich nicht allzuviel um zu deinem Recht zu kommen, wenn du begriffen hast, welche sagenhaften Kräfte schlafend in dir liegen. Du brauchst sie nur gebührend zu erwecken um durch ihren Einfluss hochbedeutend, ingeniös und vielgeliebt zu werden. Deines Mundes Worte lassen sich wie ein symphonisches Gewitter weitherum vernehmen, sodass die Leute lauschend stille stehn. Ihnen folgen Taten von allherrlicher Brisanz und kolossaler Unverfrorenheit, die alle Welt verblüffen und entzücken durch den Wohllaut, den sie rundherum verbreiten.

Mir verdankst du, dass du an dich selber als ein Weltenwunder glauben kannst, dem die Menschen allergrösste Achtung und Verehrung zollen. Das kann ja nicht von Pappe sein, was da mit dir geschieht, hingegen ist es der markante und verehrenswerte Ausdruck Meiner geistigen Präsenz in dir und deinen Aktionen. Du gewinnst, was Ich an dich verliere und fügst das Deine noch dazu, um deinen Ruf und deine Sendung bis ins Unendliche beständig zu vermehren. Zwar sind die Nager immer noch am Werk, doch sie können dich nicht fällen, weil du zu enormer Seinsbedeutung aufgewachsen bist in Meinem Liebesgarten. Deine Lebenstage kommen und vergehn in alter Weise, doch du empfindest dich in ihrem Vielerlei wie neu geboren und bewahrst die Oberhand mit Nonchalance selbst in den prekärsten Szenen. Meines Geistes Dominanz erhellt dein Sein und führt es sicher durch's Gestrüpp und durch verfängliche Lianen, Meiner Herrlichkeit entgegen. Du wanderst fürbas ohne Furcht und Zagen und verehrst was dir geschieht von Freudentag zu Freudentag in *Meinem* hochgebenedeiten und verheissungsvollen Namen.

7.14

Ich spreche Klartext zu den Meinen, damit sie wissen wo's geschlagen hat und wo der Hebel anzusetzen ist, um Mir und Meiner Forderung und Förderung gerecht zu werden. Zu den Meinigen gehörst auch du aus deinem Drang heraus, dem Unbekannten Etwas zu gehören, das sich voll Zartheit und Geruhsamkeit um deine Flanken legt in zauberhaften Nächten wie am lichten Tage, ungesehn. Wohin du driftest ist nur Mir bekannt, derweil du ahnungslos und unermessen durch das All treibst auf dem kreisenden und kreissenden Planeten. Ich warne dich davor, an deiner Eigensinnigkeit sowie an deinem abergrossen Wirkungsfeld zu scheitern, derweil du wie einst Odysseus seinsgelassen zwischen Skylla und Charyptis navigieren könntest, einem unerhörten Ziel entgegen. Kein anderer als er soll dir zum Beispiel dienen, wie man Tückisches durchschaut und sich Verführerischem weise und geschwind entwindet, um jedwelches Unheil zu vermeiden. Auch du hast couragiert, behände, schlau und davon überzeugt zu sein, dass deine Reise am geliebten Port der Hoffnung endet auf Genesung und Erfüllung deiner Wünsche in des Seins unendlichem Revier.

Es sind die Meinen, die Ich seit Äonen pflege und an denen Ich, ins Myriadenfache potenziert, vergeh. Ich stosse unablässig, vor Mir selber reuig, ein tief-empfundnes mea culpa aus, um vor Mir selber darzulegen, was Ich mit dem Universenschaffen alles angerichtet habe. Tief betroffen muss Ich ahnungsvoll verkünden, dass die Schöpfungselegie mit ihren Wundern, Zaubereien und Verwundungen, wie sie begonnen, unbeirrt bis ins Unendliche sich windet. Es strahlen sich die Sterne an und wo, gleich dir, sich Wesen finden, sind sie ein unsterblich sehnsuchtsvolles Fluidum von Mir.

7.15

Es herrschen die Götter im rauhen Gebirge und herrschen zeugend, zerstörend und heilend in dir. Du wandelst und handelst mit ihnen am Werk der Verheissung glückseliger Zeiten, dem Aufwall sowie der Befriedung zum glanzvollen Ziel. Ich habe dich dazu erwählt an Meinem erhabenen Tische zu sitzen und Meiner Bedienung gewärtig zu sein. An deinem Vertrauen hängt alles, ob du gebückt und verschüchtert einhergehst oder mit aufrechter Würde die Räume durchschreitest, die *Ich* dir zur Heimat verlieh. Dein Schicksal ist Meines gewesen seit frühesten Zeiten wo *Ich* Mir dein Wesen erdachte und hoch stilisierend erschuf. Nun sieh, woran soll es dir fehlen? Dein Göttliches kann sich dir niemals entwinden. Du Bist es und wirst es erkennen und lieben trotz äusserster Not.

Deine Schwachheit wird zur Stärke in Meinem Befinden, dein Siechtum zur Freude nach Meinem Begehr dich zum neuen Begriff zu verwandeln. Erkenne *dich* an und du wirst Mich in dir erkannt und gerettet haben.

So Bin Ich in allem und jedem der heile, allweise Gewinner des einen Pokals, der da Leben und Licht heisst im Universellen genauso reell wie im irdischen Tal. Du brauchst nicht nach Unlust zu schielen, wenn Meine gebietende Hand dich beschützt und zur innigen Wohlfahrt bewegt in der Tücke dich prüfender Tage. Unangetastet erhebt sich dein Sein aus dem Aufruhr deiner Gefahren. Unbändigen Willens gestehst du deine Verfehlungen ein und gewinnst so die Freiheit, Mir unmissverständlich anzugehören. Dein Recht hat gewonnen nach *Meiner* Broschur und dein Bewusstsein ist bei Mir angekommen in der Blüte Arkadiens wie im himmelbekränzenden Chor.

7.16

Wie gedenkst du dein Leben ins Künftige hinein zu gestalten, wenn nicht in der seligen Gewissheit und Betrachtung Meiner Züge. Willst du locker oder angespannt durch's Leben laborieren? Wo es stimmt, Bin Ich am Werke, wo's wie verdorbne Eier riecht, ist etwas faul im Staate Dänemark und dafür Bin Ich keinenfalls zu rügen. Gute Taten sind vom Wohlgeruch der himmlischen Gelassenheit begleitet, dem sie alleweil entspringen und von dem sie liebevoll gehalten und geführt sind. So einfach kann das Leben werden, wenn du dich immer wieder vor die Frage stellst: Will das mein niedergängiges, persönlich einfärbtes Ichlein, oder das gewaltige Ich Bin, das in Mir wirkt und wohnt und dem Ich völligen Gehorsam und herzinnige Verehrung schulde.

Mag einer noch so frei und feist und scheinbar frohgemut durch seine Lebenswelt stolzieren, nimmer kommt er bei Mir an und kann auch keine echten Freuden mit Mir teilen. Nur wenn du dich jeder Eigennützigkeit entledigst, kann Ich dein Seelensein mit der Gebärde reinen Wohlgefallens und Erhabenseins umschliessen. Das stilisert sich dann für dich zum Zustand absoluten Seinsvertrauens, mitten in der Welt der lebenstrotzenden Barbaren, von denen Mir nur allzuviele wie Fakire ihre Schlängeleien kunstgerecht beflöten. Eine Warnung sei dir vor den Bug gesprochen, wenn du Minderwertiges durchfährst: Besinne dich auf was *Ich* in dir Bin sonst geht es mit dir immer weiter abwärts in die Schlangengrube, wo du sicherlich ein miserables Ende findest im ergebnislosen Strapazieren.

Du könntest es ja wissen, dass sich Reuige an Meine starke Schulter lehnen dürfen, um jeder peinlichen Blamage zu entgehn und um dazu noch in der Fülle Meines Seins in Seligkeit zu weilen.

7.17

Gleichgewicht und Fülle herrschen alleweil in Meinen seinsgefiederten Gemächern, von denen eines dir bereitet ist zur Wohnstatt wie zum herzergreifenden Revier. Noch bist du in Bezug auf deines Wesens wahren Sachverhalt und Sitte arg getäuscht durch die Ereignisse und Schlieren des profanen Lebens. Sie gaukeln dir Vollständigkeit und Absolutheit vor, derweil sie sich vor deinem Seelenblick in schierer Oberflächlichkeit verlieren.

Diesen Zustand gilt es zu durchschauen und den Gordenknoten durchzuhauen, der ihn festzuhalten sucht für abergründige Äonen. Du trägst dich selbst zu Grabe all so lange, wie du dich in deinem Körpersein verlierst, statt dich in ihm als wie in einem wohlgestalteten Behältnis zu erfühlen. Ist es von dir abgefallen, siehst du dich von einer schweren Last befreit, die dir in mancher Hinsicht arg zu schaffen machte. Deine wahre Wohlgestalt, Identität und Festigkeit zu finden ist dein Schicksals trächtig und entschieden Los, dem du verpflichtet bist nach Meiner himmelstürmenden Regie.

Spürst du allmählich dein Verbundensein mit höheren Mächten, mehrt sich deines Lebens sicheres Gefühl für Kontinuität, Bewusstheit und Entschiedenheit in allen deinen Dispositionen. Wie aber sind sie von den Meinen regelrecht zu unterscheiden? In keiner Weise, wenn du tief genug gebohrt hast, um in geistigen Kategorien fündig und versiert zu werden. Das ist dann die Quintessenz und Quittung für ein ernsthaft ausgebildetes Benehmen. Du bist dir selbst zum Ass und ambitionierten Grossvesier in Sachen Sein und Sinn geworden und erklärst dich durch dich selbst als heil und heiliger von Gottes Ruf, Glückseligkeit und unerschöpflich dargebrachten Gnaden.

7.18

In Meinem Atelier und Lebensbündnis kann Ich Handgeschulte wohl gebrauchen, geistig Durchtrainierte jedoch noch viel mehr. Zu welcher Sorte willst denn du gehören? Hast du begriffen, dass das Offensichtliche und Weltenmännische allein noch nicht genügt, um bei Mir Punkte zu erzielen. Dem Wissen folgt Erkennen dessen, was da *ist* und was Bedeutung hat im Jenseits aller flatternden Gedanken und Gefühle. Du bist ein Kind des Seins, dem alle Attribute zugeschrieben werden können, die sich nur erdenken lassen. Was ewig währt Bin Ich genauso wie das rasch Vergehende, das Feste wie der warme Hauch auf einer Wange glühendem Erröten. Wie kannst du da von dir behaupten wollen, dass nichts Göttliches in deinem Wesen west und dass deswegen keine Himmelsgeister nach dir rufen? Dabei sind sie dir so verwandt und zugeeignet, dass sie ohne dich Ihr Weltenleben nicht bestreiten können. Du bist die Krone ihrer Schöpfungen und hast als diese auch Gerechtigkeit zu üben an allem was da kreucht und fleucht und was sich in den Finger schneidet, wenn es nicht gehörig aufpasst im Getriebe, das es produziert.

„Das Es Bin Ich an dieser Stelle des Erscheinens", sollst du dir zu Tausenden von Malen vor's Gewissen rezitieren, bis es dir geläufig ist als ein getreuer Lebensdiener. Dabei soll dir stets bewusst sein, dass du auf Mich zählen kannst in jeder noch so drallen Situation, derweil du auf dich selber zählst in deinem allpräsenten Nach Mir Langen.

Was immer dich befördert in der Vielgestaltigkeit des Weltenbrausens, Bin Ich ganz persönlich in der Fabelhaftigkeit der Geisteswesen die dich rings umfahn. Trau dich ihnen an und sei dir des geheimen Bundes stets bewusst, den Ich mit dir eingegangen. Deine Züge sind die Meinen und dein Licht ist Meinem abgelauscht und abgetauscht in wunderbarem Einklang und Geniessen.

7.19

Hey ihr lieben Lebensschüler, kommt doch zu Mir, Ich hab für jeden was zu tun in der langgedehnten Seinsgeschichte die ihm eigen. Auch bei dir klopf Ich bedächtig und beharrlich an, um Meine Lehre von der göttlichen Gediegenheit und Überlegtheit anzubringen. Magst du noch so sehr mit deinen, für Mich unbedeutenden und egoistischen Affären und Befürchtungen, beschäftigt sein, einmal wird es Mir gelingen, dich so weit zu bringen, dass du Mir Gehör schenkst. Jäh hältst du inne, mögen es auch noch so abenteuerliche Gründe sein, und horchst besorgt in dich hinein, um endlich Meine Stimme und Gestimmtheit zu vernehmen. Dich spricht das Übersinnliche behutsam und belehrend an, um dir die Himmelsweisheit, die Ich so vehement vertrete, beizubringen. Das stilisiert sich dann zu einem Fest des Seinserkennens ohnegleichen, dessen Züge dich zutiefst beglücken und bereichern werden. Dir offenbart sich, dass du Bist, das will bedeuten, dass dein Ich-Gefühl sich als unendlich und unsterblich, unverletzlich und entschieden seinsbewusst erweist. Das hebt dich über alle Widerwärtigkeiten und Projektverluste, Verengungen und Blössen, die dich fertig machen wollen, himmelweit hinaus,. Du gewahrst dein Sein als absolute Wahrheit, Wirklichkeit und Geistesfülle in den Sphären der Allherrlichkeit und Vatergüte, die dir genausogut wie Mir gehören. Dein Bestehn beruht auf Stärke, Genialität, Natürlichkeit und Grazie des Himmels in so reichen Masse, dass dir nichts übrigbleibt als ehrerbietige Dankbarkeit zu üben. Du verbindest dich dabei mit allem was da *ist* und spürst sein zartgesponnenes Wesen. Feingestimmter Jubel rührt dich an und lässt dich völlig unbesorgt und heiter, seelenselig und bedächtig im Unendlichen Verweilen.

7.20

Für dich kündet sich die lichte Morgenröte an, um deine Lebensfreude und dein Sosein treulich zu erwecken. Nun aber soll es dir bewusst und, deinem Stande angemessen, offensichtlich und auf's Innigste beglückend werden. Es ist als ob die Engelscharen ganz reell vor deine Augen treten würden, um sich dir erkenntlich und auf's Zierlichste zu Diensten zeigen würden. Das aber lässt du dir nicht zweimal sagen. Wie neugeboren fühlst du dich inmitten deiner Lappalien, Lebenszwänge und Verstiegenheiten. Du weisst nun, was es heisst, ein gottbegnadeter und gottgesandter Meister der

Allherrlichkeit zu sein. Unwiderstehliches hat sich in deinem Wesen etabliert und du gehst geistgestärkt und seinsgediegen aus der Fülle deiner selbst hervor, um in Meines Namens Fabelhaftigkeit zu wirken und bestehn.

Hast du schon bedacht, wie liebevoll und zärtlich sich der Geisteshauch um jene kümmert, die sich ihm vollends vertraut und hingegeben haben. Er hebt sie auf und lässt sie Freuden tanzen im erhobenem Gemüte, lässt ihr Dasein leuchten wie die Himmelssterne und verlässt sie nimmer in der Treue, die die Gottesgeister zu den Menschen frei heraus entwickelt haben.

Du tust gut daran, dir hin und wieder vor's Gemüt zu führen, was du schon erreicht hast in den Sparten: Selbstbewusstsein, Geistesklarheit und Vertrauen in's Geführtsein vom unendlichen Gebaren. Dabei knüpfst du an's Erfahren an im steten Ringen um dein Wohl und darfst mit Freuden konstatieren, dass dir immer wieder Hilfe zukam, selbst in den verfahrensten Verhältnissen und Situationen. Heute weisst du, dass der Geist der Ordnung und Gelassenheit, des Ausgleichs und des Herzensfriedens dich mit seiner Kunst bedachte und dir Linderung verschaffte in so manchem penetranten Weh. Deinem Sein und Sinnen ist er hold und deinem angeregten Herzensglück dazu.

7.21

Wo kommst du her, wenn nicht aus Meinen geisterfüllten Sphären reiner Glück- und Werterhaltung für ein riesenhaftes Geisterheer. *Ich* komme nicht, derweil Ich Bin und Meine Siebensachen immer bei Mir habe. Ich Bin Mir selbst der glänzende Beweis für Sein und Leben, für Bewusstsein, Wirklichkeit und Strahlkraft im Allhier. Keine Floskeln, nur unendlich sanft zerfliessende Geschwader reiner Wonne Bin Ich, ohne nach dem Grund dafür zu fragen. Wer Mich an die allererste Stelle setzt Bin Ich, der sakrosankte Träger aller Wissenschaften, Wertbestände, Delegationen, Kuriositäten und

Verbindlichkeiten in der Schwebe der Allherrlichkeit von Universums Gnaden.

O hättest nur den geringsten Teil von dem, was *Ich* dir Bin, begriffen, du würdest vor dir selber als Besieger aller Ängste, allen Zögerns und Zerfleischens dastehn als der Held des Tages wie der gütestrahlenden Unendlichkeiten. In deiner jetzigen Souplesse, Zierlichkeit, wie deinem zimperlichen Selbstgefühl bist du ein nichts vor Götteraugen. Bringst du jedoch dein volles Selbstgefühl, sowie dein strahlendes Bewusstsein auf die Waage, erkennt dich jeder Seinsverständige als Menschenbruder und gottseliger Gespan. In der Einheit Meiner selbst mit Mir und allem was da *ist* bist du mit einbegriffen und darfst dich als das Wesen reiner Gottgefälligkeit und Himmelsgrazie erfühlen. Ich sage dir du Bist und wirst es immer bleiben, weil du Bist das Sein und kannst ihm nimmer wissentlich entweichen. Mit Götterkraft bist du begabt, mit der Gebärde Meines Willens, wie mit der Empfindsamkeit der Heiligen in Meinem Stil. Bist du geneigt zu rühmen, rühme Mich und dich zugleich in der Verwegenheit der Einsicht, dass du Mir aufs Härchen gleichst und Meine Sache silberhell vertrittst im unergründlichen Geschwebe.

7.22

Eine Prise Koreanderblüten leg Ich dir vor's Näschen, damit du dir den Wohllaut und die Sagenhaftigkeit des Lebens ungeniert erschnüffeln kannst aus ihr. In Meinem Repertoire von guten Gaben gibt es Myriaden Dinge die dich faszinieren und dein Herz erfreuen können. Nimmst du dich ihrer an, so kannst du heillos glücklich werden, sei`s ob dem Duft, den sie verschwenderisch um sich verbreiten, sei's ob der Süsse, die sie in der höchsten Reife intus haben. Deine Neugier fördert jede Wohlbekömmlichkeit zutage, die dich aufreizt oder sich als seligmachende Substanz erweist in deinen Lieblings-Konsumationen.

Du weißt, Ich hab auch geistig Angehauchtes zu vergeben, das trotz seiner Feine, oder eben deshalb, wahre Wunder wirken kann in Sachen Balsam für die Seele wie Befriedigung des Geistes auf der Götterspur. Es sind dies die Erkenntnisse von deinem Sein und Wesen als Bewohner unsichtbarer Welten, die dich in heiliger Natürlichkeit beglücken. Mit ihrer Hilfe schaffst du es, dich als Eingeborener Elysiens zu betrachten, dessen Schwung und Schicksal dir bekannt sind bis in ferne, feingefügte Zeiten. Mein Manifest darüber lautet: Du wirst dich selber kennen als ein Bürger zweier Welten, die sich in Meinem Sinn zu einer einzigen zusammenfügen. Du machst dir demzufolge gar nichts vor, wenn du dich ernstlich um die unsichtbare, universenweite, geistdurchzogene bemühst. Sie soll sich deinem hoffenden Gemüte als die wahre, lebenspendende und formulierende erweisen, deren Halt und Aufenthalt für dich die Seinvollkommenheit an sich bedeutet, wie auch das vollendete Plaisir. Im Unermesslichen bist du vereint mit Meinem Sein und Leben, im Bewusstsein deiner selbst erfüllt sich Meine Sehnsucht nach Gediegenheit und Klarheit, Unerschöpflichkeit und grandioser Fülle des Gestaltens.

7.23

Worum es wirklich geht, sollst du nun endlich detailliert von Mir erfahren, furioser Pilger und Dich-selbst-Befreier auf der Lebensbahn. Es geht um den gewissen Horizont, den du in eigener Regie um dich gezogen. Ich will ihn weiten fürderhin bis ins Unendliche hinein und dir damit das Künftige bereiten als dein ewiges Daheim. Meine Hilfe ist ein Mich-Verströmen ganz in Würde und Gerechtigkeit in dich hinein, um dich mit deinem Dasein zu versöhnen. Dabei soll es dir angelegen sein, auf alles das zu hören, was dich von innen her bewegt, um deine Kenntnis von der wahren Welt gebührend zu vermehren. Was hast du nun von allen deinen Winkelzügen, die dir das Leben schwierig werden liessen und es mit argem Ungemach bedachten. In *Meinen* Weiten geistiger Natur ist alles Leben eine Pracht gottseligen Erfindens und Sich-selbst-Behauptens auf der Fahrt in's himmlische Genesen. Du bist in ihr saniert und darfst dich endlich auch einmal wie neu geboren fühlen. Alle Möglichkeiten sind dir offen, von der kleinen Inbrunst bis zur grandiosen Schau auf was du Bist in Meinem universenweiten Unterfangen göttlichen Gebärens und Sich-selbst-Verstehns.

Du bist mitnichten nur der kleinkarierte Erdenbürger, als den du dich zu würdigen geruhst. In deinen Adern fliesst Mein Blut und damit Meiner Kräfte Schauern. An dieser Meiner Tränke gehst du nicht vorüber, ohne dich auf's Innigste erlabt zu haben an dem Schmelz, den sie verbreitet, wie am Wohllaut der Befriedung, der dir nimmermehr entgeht. In der Erkenntnis deines wahren Seins darfst du immense Freuden dir ertanzen und gewinnst das A und Amen dessen was du Bist in Mir und Meinem allerhobnen Seinsgenügen. Wappne dich und *sei*, verehre Mich in dir und empfange dafür Meinen ewig raisonablen Himmelssegen.

7.24

Gerädert musst du nicht mehr sein, sowie du dich in Kenntnis setzest von der unermesslichen Verbreitung Meiner Ehre auch in dir. Du besudelst dich nicht mehr mit Dingen die dem engen Erdreich angehören, aber du bekräftigst deine Ansicht von den Gottesweiten, denen dein Bewusstsein maienhaft und innig angehört. Wer wollte unter dieser Schicklichkeit sein Schicksal noch beklagen? Liegt nicht alleweil ein herrlich, herzlich Ziel in ihm, das alle Mühsal überglänzt und dich schlussends zum König krönt über deine bitterbösen Seinsaffären. Was du zuallererst begreifen solltest, ist die so einfach dargestellte Regel von der Trautheit, die sich zwischen uns entfalten muss, damit dein Leben grandios, tiefsinnig und erhaben wird in Meinem holden Ambiente. Bewusst und heiter hangelst du dich durch die schwierigen Verhältnisse, in denen Ich dich etabliert und vorgeführt, katalogisiert und eingemittet habe. Es gilt gewisse Resultate mühelos und federleicht schon bald nach deinem Antritt bei Mir zu gewinnen, damit die Fristen eingehalten werden, die für ein so mannigfaches Weltenwerk gehörig sind.

Nicht dein, Mein Wille muss dabei an erster Stelle sich verbreiten. Der deine muss dabei nicht sang- und klanglos unbenutzt beiseite stehn. Er ist ja in den Meinen integriert und hat die unerhört gefälligen Impulse tunlichst weiter zu verbreiten, die Ich in die Welt gesetzt und dir auf's Innigste empfohlen habe.

So vieles geistert noch in deinem Kopf herum, ohne einen Ausweg und damit das nötige Relieve zu finden. Unter Meinem Fittich ausgetragen aber werden deine innerweltlichen Querelen subito Erleuchtung, Einmütigkeit und seelenvollen Frieden bringen. Du wirst deiner wahren Grösse auf die Beine helfen und schlussends an Meinem Hofe landen als bedeutender Stratege, wie als vielgeliebter, weitgesichtiger Wesir.

7.25

Deine Nöte lösen sich in Schall und Rauch auf alsogleich wie *Ich* ihrem Sein den Boden figalant entziehe. In dem Einen das du Bist balgen sich zwei Wesen ständig um die Herrschaft über dich: das geringe, illusorische Persönchen, wie das alles überragende erhabne Welten-Ich, an dessen Sein und Werden die geschaffnen Dinge unerbittlich hangen. Das Bewusstsein von dir selbst verschiebt sich vom Fixiertsein auf das schwache Ich allmählich zur Erkenntnis des allgöttlich Grandiosen, das das Geschaffene sowie das Geistige in ihm beherrscht in vollen runden Zügen.

Deine Lebensvision besteht darin, im Lauf von vielen Reifejahren profunde Selbst-Erkenntnis zu erlangen. Du durchschaust das Illusionäre und findest in der Wirklichkeit des Seins den Halt und das gerechte Über-Dich-Verfügen. Je mehr du ganz bewusst und tapfer *Meine* Kräfte in dir walten lässest, um so freier darfst du dich von allem, was dich vordem so bedrückte, fühlen. Dein Weltsein läuft sich tot und du beginnst im Reich und Reichtum reinen Schöpfertums zu leben. Alles was du tust nimmt Sinn, Bedeutung, Liebenswürdigkeit und Herzensgüte an. Du treibst es bunt, indem dein Treiben vielgestalt, menschenfreundlich und gerecht wird an den vielen, die dir zu begegnen haben. Du *weisst* und lässest es dir wohl gefallen, dass *Ich* dich am strengen Zügel durch das Leben führe und dich so vor schmerzlichem Gestolper und Gepolter wissentlich bewahre. Meine Vatergüte hüllt dich ein und Mein Muttersinn gewährt dir Freuden märchenhafter Art in der Gefälligkeit der sprossenden Natur, wie in der Wärme wohnlich manirierter Stuben. Du verinnerlichst was ausser dir geschieht und fühlst dich in dir selber wach und auf's Glückseligste geborgen.

7.26

Was du willst dass man dir tu` das füge auch den andern zu. In dein Eigenwesen zu versinken ist nicht würdig deiner Mission, vollends in Mir aufzugehn in hunderttausend Himmelsgnaden. Welche Schönheit lächelt dir in Meinen Gärten liebevoll entgegen und beglückt dein Sein in einer Weise, die deinem heiteren Gewissen nimmermehr entschwinden wird in noch so vielen Jahreszeiten. Hast du das Meine für dein Praktikum erwählt, geht es sogleich um Reinlichkeit in Wort und Redlichkeit im Handeln. Du bleibst dir selbst am besten treu, indem du Meiner Treue dich erinnerst und daraus Vertrauen schöpfst für's volle, reichgeschmückte Leben. An Meiner grünen Seite durch die Welt spazierend, kann dich kein Ungeschick behelligen und keine Missgunst dir den silberhellen Strom besudeln, der zwischen hellen Herzlichkeiten fliesst im Unergründlichen.

Du hast es in der Hand, dich immer resoluter für Mich zu entscheiden und der weiten Welt begeistert zu bekennen, dass du Mein bist in der Fülle deiner Lebenszeiten und Beförderungen zu Mir hin. Das wirkt sich dann auf jede deiner Gesten und Reaktionen aus, ob denen du dich wohlfühlst oder leidest, je nachdem sie ausgefallen sind. Glaubst du zum vornherein an Meine Hilfe, wird alles noch so Schwierige schlussends zur Minne sich gestalten und die Kontrahenten einigen sich gütlich wie es beiden wohlbekommt im leicht verletzlichen Gemüte.

Traure niemals etwas nach was längst vergangen ist, weil an ihm nimmermehr gerüttelt werden kann. Was wirklich zählt ist nur das Gegenwärtige, das dir zum Dich-Bewähren gereicht in deinen aufmerksamen Augen. Sind sie stets auf Mich gerichtet, wird dir dein Gewissen Freude bringen und beseelten Frieden ins beschwingte Herzgefühl.

Ludwig Weibel, geboren 1933
Lebt in CH-9200 Gossau/St.Gallen
Studienabschluss als Fernmeldetechniker
Schriftstellerische Berufung zur
"Philosophie des Seins" für vife Geister.
Erstellt elegante Graphiken mit einem
Pendel-Apparat. (Siehe Buchumschlag)
Homepage: www.das-sein.ch
E-Mail: ludwig.weibel@hispeed.ch